von Miriam Rademacher

Auflage 1 | Dezember 2020

Satz: Michaela Harich
Cover: Viktoria Lubomski
Lektorat: Franziska Fezer

ISBN 9783945814758

Bilder: Creatopic/stock.adobe.com, Rawpixel.com/stock.adobe.com
Font: Aphrodite Slim Pro, Centaur

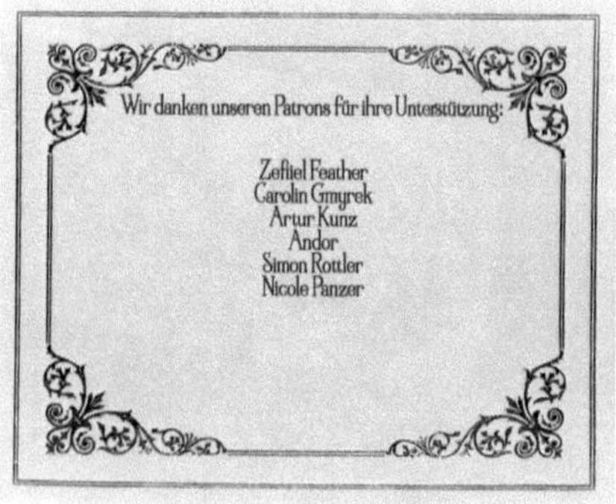

Es war ein typischer Sonntagvormittag in meinem Leben. Ich saß nur eine Kirchenbank schräg hinter meiner Mutter und konnte trotz des Dämmerlichts sehen, wie diese ihre Lippen bewegte. Sie sprach ein lautloses Gebet, wie sie es oft tat, wenn sie sich während der Messe unbeobachtet glaubte.

Und auch ohne den genauen Wortlaut zu kennen, wusste ich nur zu gut, was gerade im Kopf meiner Mutter vor sich ging. Es war nämlich immerzu dasselbe.

Liesbeth Gründig dankte dem Herrgott für ihre fünf gesunden Kinder, ihren liebevollen Mann Albert, und ein wunderschönes Heim. Dann bedankte sie sich noch dafür, dass Theda, ihre Mutter und somit meine Großmutter noch lebte, und Großvater Milan nicht hatte leiden müssen, als er vor fast drei Jahren im Schlaf verstorben war.

Ungefähr jetzt war meine Mutter mit ihrer langweiligen Litanei am letzten Punkt angelangt. Das erkannte ich daran, dass ihre Lippen meinen Namen formten: Caroline. Natürlich dankte sie dem Herrgott ebenfalls für ihre Erstgeborene. Auch wenn niemand wusste, was Gott sich dabei gedacht hatte, als er ein so wenig ansprechendes und launisches Mädchen wie mich erschaffen hatte. Doch Gottes Pläne wurden von meiner Mutter nicht infrage gestellt, also hatte auch ich eine Daseinsberechtigung, das war gewiss. Nur hätte ich manchmal gern gewusst, welche. Und sie vermutlich auch.

Ich saß wie immer eingezwängt zwischen meinen jüngeren Geschwistern und dankte Gott für gar nichts. Ich hätte mehr Grund gehabt, mich ausführlich über mein Leben zu beschweren, angefangen bei den vielen Pflichten, die mir als ältestem Kind auferlegt wurden, bis hin

zur Perspektivlosigkeit meines Daseins. Doch das hatte ich schon vor Jahren aufgegeben. Und auch wenn ich es niemals zugeben würde, so zweifelte ich sogar daran, dass es Gott überhaupt gab. Aber das war ein Satz, der in Gegenwart meiner Mutter nicht ausgesprochen werden durfte. Mein Vater war diesbezüglich toleranter, was man schon daran erkennen konnte, dass er nicht hier bei uns in der Kirche saß, wo sich an jedem Sonntagmorgen das ganze Dorf versammelte. Er als Arzt nahm sich das Recht heraus, auch am Tag des Herrn noch Hausbesuche bei seinen Patienten zu machen. Meiner Meinung nach handelte es sich dabei um einen vorgeschobenen Grund. Mein Vater langweilte sich in der Kirche einfach genauso sehr wie ich und hielt nicht viel von Frömmigkeit. Trotzdem hätte er auch mir verboten, weiterhin Kant zu lesen, wenn ich meine Zweifel an einer höheren Macht öffentlich gemacht hätte. Das wollte ich nicht riskieren.

Obwohl … das kleine Teufelchen in mir, dass mich seit meinem ersten Tag auf Erden begleitete und mir immerzu Unsinn einflüsterte, begann sich wieder zu regen.

Ich warf dem Pfarrer einen schrägen Blick zu, der wieder einmal ganz und gar in seinem lateinischen Gebet aufging. Und für einen kurzen Moment malte ich mir aus, wie es wäre, jetzt einfach aufzustehen und laut nachzufragen, was er denn da eigentlich gerade erzählte und ob eine verständliche Messe nicht mehr Wirkung auf uns arme Sünder hätte als eine Flut unverständlicher Worte. Die Ohnmacht meiner Mutter und der Applaus meiner Großtante Hilda wären mir gewiss gewesen.

Verstohlen drehte ich den Kopf und sah mich nach Hilda um. Da saß sie. Gleich neben Theda, meiner Großmutter, und hielt ihre Hand. Seit Großvater Milans Tod war Großmutter nicht mehr dieselbe. Ohne Hilda hätte sie mit ihren 55 Jahren schon längst aufgegeben, den Hof der Familie Sandrini, der jetzt ihr allein gehörte,

ebenfalls und sich selbst noch dazu. Ihr Haar war grau und das Gesicht alt geworden. Das ewige Schwarz, in das sie sich kleidete, tat sein Übriges, um die einst so lebensbejahende Theda in einen Schatten ihrer selbst zu verwandeln.

Großtante Hilda war aus anderem Holz geschnitzt. Eine Frau, die als Kind mit dem Zigeunerwagen durch das ganze Land gereist war, warf nichts so schnell aus der Bahn. Ich bewunderte sie für das aufregende Leben, das sie geführt hatte, obwohl sie mir nur selten davon erzählte und das meist mit traurigem Unterton. Neidisch blickte ich auf Hildas schlanke, hochgewachsene Figur, die zur Empörung aller Dorfbewohner mal wieder in Männerkleidung steckte. Ihr kräftiges dunkles Haar, das sie nie unter einer Haube verbarg und ihr ebenmäßiges Gesicht taten ihr Übriges, um sie zu einer Frau zu machen, nach der sich die Leute umschauten, wenn sie vorüberging. Die Jahre hatten meiner Großtante nichts anhaben können. Dabei war Hilda jetzt genau doppelt so alt wie ich. Doch Jugend allein, das hatte ich bereits begriffen, bedeutete gar nichts, wenn man nicht auch hübsch war. Hilda, mit 36 Jahren noch immer unverheiratet, konnte sich der Aufmerksamkeit aller Männer gewiss sein, wohin sie auch ging. Ich, gerade einmal achtzehn Jahre alt, konnte mich hingegen darauf verlassen, dass jeder, der mir ins Gesicht blickte, sein plötzliches Interesse für den Fußboden oder dem Himmel über mir entdeckte.

»Träumst du?« Der spitze Ellenbogen meiner jüngeren Schwester Getrud traf mich in die Seite.

Fast reflexartig stieß ich ihr nun ebenfalls kräftig zwischen die Rippen und flüsterte: »Und wenn? Was geht es dich an?«

Doch da traf mich schon der strafende Blick meiner Mutter, die sich zu uns herumgedreht hatte. Mutter hatte über die Jahre eine wirklich bemerkenswerte Fähigkeit

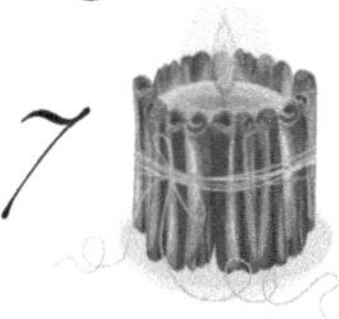

entwickelt, all ihre Kinder mit nur einem Blick zur Ordnung zu rufen. Und der funktionierte heute so gut wie an jedem anderen Tag, auch bei mir. Ich schlug die Augen nieder. Wenn diese grässliche Messe doch nur schon vorbei wäre. Wenn ich nur bereits die allwöchentliche Tortur auf dem Kirchhof hinter mir hätte. Wenn ich doch nur weglaufen könnte, irgendwohin in ein fremdes Land! Vorzugsweise in eines, in welchem nur blinde Menschen lebten. Ob es so etwas gab? Ich würde meinen Vater fragen müssen, der wusste so ziemlich alles.

Den Rest der Messe verbrachte ich in dumpfem Brüten und als die Glocken endlich zu läuten begannen, gehörte ich zu den ersten, die vielleicht ein wenig zu schnell durch das hölzerne Portal ins Freie stürmten.

»Caroline Gründig!«, schallte es da auch schon über den Dorfplatz.

Ich war nicht schnell genug gewesen. Dabei konnte ich unser Haus von hier schon sehen. Nur ein paar Schritte weiter und ich wäre ihnen allen entkommen.

»Du wirst ja wohl nicht davoneilen, ohne deiner Großmutter einen guten Tag zu wünschen!« Ausgerechnet Hilda, einer der wenigen Menschen, die genau wussten, wie sehr ich den Spießrutenlauf am Sonntag nach der Kirche verabscheute, hatte mich aufgehalten. Das war mehr als Pech. Das roch nach Verschwörung.

Missmutig machte ich kehrt und gesellte mich zu meiner zusammengesunken wirkenden Großmutter und ihrer Schwägerin. »Einen frohen Sonntag, liebe Großmutter«, leierte ich meinen Text herab und verpfuschte sogar einen Knicks, während ich den Blick auf eine Regenpfütze zu meinen Füßen heftete.

Doch da fühlte ich schon Hildas Hand unter meinem Kinn, die meinen gesenkten Kopf unaufhaltsam in die Höhe drückte.

»Ich bin noch genau so hässlich wie gestern, Hilda«,

8

protestierte ich und versuchte dem forschenden Blick ihrer Augen auszuweichen.

»Stimmt.« Sie ließ mein Kinn los. »Die teure Salbe aus Österreich bringt also keine Besserung?«

»Gar keine«, gestand ich. »Es war trotzdem nett von Onkel Clemens, sie mir zu schicken.«

Bei der Nennung dieses Namens leuchtete das Gesicht meiner ergrauten Großmutter kurz auf. »Ist es nicht nett von Clemens, so an dich zu denken? Und dabei seid ihr euch noch nie begegnet. Nun, er ist eben ein erfolgreicher Mann, da führt ihn sein Weg nicht zurück in das Dorf seiner Kindertage.«

Sie hatte sich nie besondere Mühe gegeben, zu verbergen, dass mein Onkel Clemens ihr Lieblingskind gewesen war. Leider wohnte er jetzt irgendwo in der Nähe von Wien, war Kirchenmusiker geworden und lebte anscheinend nicht schlecht davon. Die nutzlose Creme, die er mir zugesandt und für die ich einen langen Dankesbrief hatte schreiben müssen, hatte ihn angeblich ein kleines Vermögen gekostet. Inzwischen lag der Tiegel mitsamt seinem nutzlosen Inhalt ganz unten in meiner Kommode vergraben. Das Zeug roch leider auch noch fürchterlich.

»Lass dich nicht hängen, Caroline.« Hildas Stimme klang forsch. »Halt dich gerade, nimm das Kinn hoch und die Schultern zurück. Du bist nicht weniger wert als alle anderen hier. Zeig ihnen, dass du stark und selbstbewusst bist. Eine echte Sandrini eben.«

»Sicher, Tante Hilda. Nur bin ich tatsächlich eine Gründig, falls du es vergessen hast.« Ich richtete mich ihr zuliebe ein wenig auf und sah zu meiner großen Erleichterung meine beste Freundin Adelheid durch das Kirchenportal treten. Das war die Gelegenheit. »Adelheid hat bestimmt aufregende Neuigkeiten. Ich muss zu ihr gehen!«, rief ich mit gespielter Begeisterung.

Meine Großmutter nestelte an dem schwarzen Kragen ihres ebenso schwarzen Witwenkleides und entließ mich mit einem gnädigen Blick, der Hildas schien mir eher spöttisch. Darauf gab ich gar nichts. Adelheid war mein Ausweg aus diesem allwöchentlichen Albtraum, dem ich entkommen musste, bevor sich noch weitere Verwandte und Bekannte hinzugesellten. Glücklicherweise akzeptierten die Alten, dass wir, die Jugend, immerzu schwatzen mussten. Und wann, wenn nicht am Sonntag nach der Kirche, hatten wir schon Gelegenheit dazu?

Adelheid Baltus war so blond, dass ihr Haar in der Sonne leuchtete und so herzensgut, dass sogar ich in ihrer Gesellschaft umgänglicher wurde. Sie war meine beste und einzige Freundin und so gut wie verheiratet mit Goswin Herkt. Goswin, ebenso blond wie Adelheid, war der zweitgeborene Sohn eines Bauern, dessen Gehöft außerhalb des Dorfes auf einer Anhöhe lag. Ein schöner Besitz, den Goswin nicht erben würde, da er einen älteren Bruder hatte. So etwas nannte man Pech, und Goswin hatte meines Erachtens noch Glück, dass sein Vater für ihn keine kirchliche Laufbahn ins Auge gefasst hatte. Nein, wie es aussah, würde Goswin beim Dorfschmied in die Lehre gehen, und das war niemand anderes als Adelheids Vater.

Ich hatte mich kaum bei Adelheid untergehakt, als ich sie auch schon in Richtung meines Elternhauses zog. »Komm, bring mich fort von hier. Und unterwegs erzählst du mir, wie es um dich und Goswin steht. Hat er dich schon gefragt?«, flüsterte ich ihr zu.

Adelheid stolperte dank meines stürmischen Auftritts, fing sich aber wieder und sah mich vorwurfsvoll an. »Caroline Gründig, was ist denn das für ein Benehmen? Nach dem Kirchgang grüßt man einander, plaudert ein bisschen und zerrt nicht die beste Freundin vom Kirchhof, um sie auszufragen.« Da erschien urplötzlich ein

nachsichtiges Lächeln auf ihrem Gesicht. »Zudem geht es dir doch gar nicht um mich. Du bist nur mal wieder auf der Flucht vor dem Mitleid der alten Weiber.«

»Ich kann es eben nicht ertragen«, entfuhr es mir. »Wie sie mich ansehen. Und all die netten Ratschläge, einer seltsamer als der andere. Letzte Woche haben sie mir allen Ernstes empfohlen, mein Gesicht mit Kuhfladen abzureiben. Und das hört niemals auf!«

»Doch, wenn du erst verheiratet bist und eine eigene Familie hast, wird es aufhören«, behauptete Adelheid.

»Also niemals.« Ich senkte gewohnheitsmäßig den Kopf und zerrte sie schneller mit mir, denn ich hatte bemerkt, dass meine Mutter auf uns zuhielt. »So etwas wie mich heiratet man nicht. Ich werde mein Leben lang auf die Freundlichkeit anderer angewiesen sein. Das einzige, was mich vor noch mehr Selbstmitleid bewahren kann, ist mein Verstand, aber der zählt nicht. Wusstest du, dass Wilhelm Herschel in diesem Jahr bereits mehrere unbekannte Galaxien entdeckt hat? Dabei ist 1786 noch nicht einmal zur Hälfte vorbei. Und ich sitze zuhause herum und schäle Kartoffeln. Während unser Universum immer größer und größer wird.«

»Es wird nicht größer, wir erfahren nur mehr über Dinge, die sowieso schon das sind«, erinnerte mich Adelheid. »Caroline, es tut mir leid, dir das sagen zu müssen, aber du bist verrückt wenn du glaubst, eines Tages arbeiten zu dürfen wie ein Mann. Noch dazu wie ein Gelehrter. Das ist für uns einfach nicht vorgesehen, glaub mir.« Sie seufzte. »Deine Mutter hat schon Recht, wenn sie sagt, dass dein Vater dich viel zu viel lesen lässt. Du kommst nur auf dumme Gedanken.«

Ich öffnete den Mund und dachte aber kurz nach, bevor ich meiner Freundschaft mit Adelheid irreparablen Schaden zufügte. Also schwieg ich und wandte mich um, um erneut nach meiner Mutter Ausschau zu halten. Diese

hatte die Verfolgung aufgeben müssen, weil sie von einer jungen Frau aus der Nachbarschaft abgefangen worden war, die ganz offensichtlich ein Kind erwartete. Auch wenn sie es zu verbergen suchte, ich erkannte Babybäuche auf den ersten Blick. Schließlich hatte ich fünf jüngere Geschwister. Vermutlich wurde meine Mutter soeben um Rat gebeten. Als mehrfache Mutter und Frau des Arztes galt ihre Meinung im Dorf viel.

Die Gelegenheit nutzend, gelang mir samt meiner Freundin die Flucht, und schon einen Augenblick später öffnete ich für Adelheid unser niedriges Gartentor. »Lass uns auf der Bank zwischen den Blumenbeeten in der Sommersonne sitzen«, schlug ich vor. »Dort kannst du mir von Goswin erzählen.«

»Aber nur kurz.« Adelheid rückte den Kragen ihres besten Kleides zurecht. »Das Sonntagsessen muss pünktlich aufgetragen werden, sonst schimpft der Vater. Und meine Mutter verlässt sich auf meine Hilfe.«

Doch für die Dauer der nächsten halben Stunde vergaßen wir all unsere Verpflichtungen und ich ließ Adelheid erzählen. Von Goswins blondem Haar, seinem freundlichen Lächeln und seiner stillen und zurückhaltenden Art. Letzteres verwirrte mich immer aufs Neue, sobald sie es erwähnte. Den Goswin Herkt, den ich noch aus Kindertagen kannte, hätte man damals nur schwerlich zurückhaltend nennen können. In meinen Erinnerungen, die sich in den endlosen Sommern meiner Kindheit abspielten, war Goswin ein lebhafter Junge, der immer zu Streichen aufgelegt war. Aber wir veränderten uns ja alle, warum nicht auch er? Ich hatte eines Tages begriffen, wie wichtig es war, hübsch zu sein, und Goswin würde gelernt haben, dass es wenig einbrachte, der zweite Sohn eines reichen Bauern zu sein. Die Lektionen des Lebens veränderten einen Menschen eben.

»Wenn er im Herbst seine Lehre bei Vater beginnt,

12

ist es nur noch eine Frage der Zeit, bis wir heiraten. Papa möchte Goswin gern als seinen Nachfolger in der Schmiede behalten, er hat ja keinen männlichen Nachkommen. Also werden Goswin und ich ein Brautpaar sein, noch bevor wir in diesem Jahr die Weihnachtslieder singen.« Adelheid lächelte verlegen und sah mich an. »Ich denke, es wird sich gut anfühlen, verheiratet zu sein. Was glaubst du?«

»Keine Ahnung.« Ich zuckte mit den Schultern. »Und da kaum Chancen bestehen, dass ich diese Erfahrung jemals machen werde, ich aber entsetzlich neugierig auf alles bin, wäre es nett, wenn du mir von deinen Erlebnissen in der Ehe erzählen würdest.«

Adelheid lief dunkelrot an und sprang von der Bank. »Caroline Gründig, über solche Dinge redet eine Frau doch nicht.«

»Das hoffe ich aber doch«, widersprach ich düster. »Wenn ich es schon nicht selbst erlebe, dann hätte ich die Berichte doch wenigstens gern aus zweiter Hand.«

Das Klappern des Gartentors und laute Rufe ließen Adelheids Gesichtsfarbe von rot zu weiß wechseln. »Ich habe die Zeit vergessen. Man sucht schon nach mir.«

Ein rascher letzter Gruß und schon lief sie durch die Beerensträucher und Blumenbeete davon. Ich blieb zurück. Und nachdem ich noch eine Weile den Bienen beim Honigsammeln zugesehen hatte, sah ich ein, dass es auch für mich höchste Zeit war, mich im Haus blicken zu lassen und meinen Pflichten nachzukommen.

Mit hängenden Schultern durchquerte ich den Garten und betrat das Haus durch die Vordertür. An der Garderobe band ich die Schleife auf und nahm das Häubchen ab. Für einen Moment fiel mein Blick in den Wandspiegel, der gleich neben Vaters Mänteln hing. Und ich sah mein verunstaltetes Gesicht. Die erdbeerroten, aufgeworfenen Male, die sich von meiner Wange über das linke Auge bis

hoch zur Stirn zogen und mein Gesicht nun schon seit meiner Geburt entstellten.

Ich hatte die Landkarten in Vaters Folianten studiert. Das Mal in meinem Gesicht glich in seiner Form ganz eindeutig dem südamerikanischen Kontinent. Und auch wenn es mir keinerlei körperliche Schmerzen bereitete, so fraß es doch an meiner Seele und das seit nunmehr achtzehn Jahren.

»Caroline, wo bleibst du denn?« Meine Mutter erschien in der Diele, auf der linken Hüfte die kleine Flora, am Rockzipfel den immerhin schon fünfjährigen Bernd. Irgendwo in einem der hinteren Zimmer des Arzthauses stritten sich Gertrud und Clara wie die Kesselflicker und in seiner Wiege brüllte der kleine Carl. »Ich brauche deine Hilfe, sonst wird das Essen nie rechtzeitig fertig. Hast du vielleicht deinen Vater irgendwo gesehen?«

Ich schüttelte den Kopf. »Er wird noch bei einem Patienten sein. Du weißt ja, wie er ist.«

»Oh ja, das weiß ich«, erwiderte sie grimmig und zog Flora, die hingebungsvoll am Daumen lutschte, selbigen aus dem Mund. »Das weiß ich nur zu gut.«

Als man der damals erst sechzehnjährigen Liesbeth Gründig ihr Erstgeborenes, ein kleines Mädchen, in den Arm legte, hatte die frischgebackene Mutter vor Schreck laut aufgeschrien. Die ganze linke Gesichtshälfte des Kindes war von einem tiefroten Mal – oder vielmehr einer Aneinanderreihung vieler kleiner erhabener Inseln - überzogen. Die Kleine war entstellt und Liesbeth untröstlich. War es ihr eigener Fehler gewesen? Sie war gleich nach ihrer frühen Heirat mit Albert Gründig schwanger geworden. Diese Ehe hatte aufgrund Liesbeths jugendlichen Alters nicht nur bei ihrem Vater, sondern auch bei

manch anderem Dorfbewohner Missfallen erregt. Doch Liesbeth, jung und verliebt, hatte ihren Willen durchgesetzt, und ein eigenes Kind war ihr innigster Wunsch gewesen. Während der Schwangerschaft hatte sie sich niemals krank oder schwach gefühlt. Also war Schonung nicht gerade ein Teil ihres Alltags gewesen, obwohl ihre Mutter Theda ihr ausdrücklich dazu geraten hatte.

Albert hingegen hatte das Aussehen seiner Tochter wenig schockiert. Er nannte die rote Inselgruppe im Gesicht der Kleinen eine Kopfblutgeschwulst, welche sich irgendwann von selbst zurückbilden würde.

Doch der Zeitpunkt kam nicht und schließlich gestand sich der junge Mediziner ein, dass es sich auch ebenso gut um ein Feuermal handeln konnte. Diese bildeten sich üblicherweise nicht zurück, sondern blieben ihren Trägern lebenslang erhalten.

Liesbeth weinte viele heiße Tränen an der Wiege ihrer Tochter, die sie Caroline genannt hatten. Die zweite Schwangerschaft, die erst ein paar Jahre später folgte, war geprägt von Angst und bösen Vorahnungen. Doch diese erfüllten sich nicht. Die kleine Gertrud war perfekt und wunderschön. So schön, dass Carolines Makel mehr denn je hervorstach, wie Liesbeth fand. Wann immer sie das Mädchen ansah, schnürte sich ihr die Kehle zu. Was sollte, nein, was konnte aus einem Kind wie Caroline werden? Das war ein Gedanke, der sie bald Tag und Nacht beschäftigte.

Eines Abends schlug sie ihrem Mann Albert vor, Caroline, sobald sie alt genug dafür war, in ein Kloster zu geben. Wen scherte es schon, wie eine Nonne aussah?

Ihr Mann reagierte mit Entsetzen. Dass er nicht viel von der Kirche und dem Glauben hielt, hatte Liesbeth schon geahnt, aber wie vehement er die Kirche und ihre Vertreter auf Erden ablehnte, wurde ihr erst jetzt bewusst.

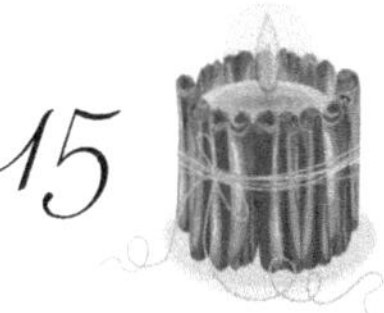

15

Zum ersten Mal kam ihr der Gedanke, dass die Verstümmelung ihrer Tochter eine Strafe Gottes war, die ihren ungläubigen Ehemann ereilt hatte. Und weil Albert es strikt ablehnte, für das Kind zu beten, übernahm Liesbeth es, Buße zu tun. Wann immer ihr Mann sich mal wieder in heidnischen Reden erging, sprach sie in Gedanken ein Gebet. So wurden die Gebete bald ihr ständiger Begleiter, doch an Carolines Gesicht änderten diese überhaupt nichts.

Weitere Kinder wurden Liesbeth geschenkt. Auf Gertrud folgte Clara, dann mit Bernd endlich der ersehnte Junge, wenig später Flora und nun Carl.

Liesbeth hatte sich immer eine große Familie mit vielen Kindern gewünscht, doch auch sie sah ein, dass das Haus langsam zu klein wurde und es an der Zeit gewesen wäre, mit dem Kinderkriegen aufzuhören. Doch das konnte sie nicht. Liesbeth gestand sich selbst ein, dass sie großes Vergnügen dabei empfand. Nicht nur der Akt der Empfängnis, auch die Schwangerschaften machten sie glücklich. Die Angst, die sie noch bei Gertrud empfunden hatte, war nach und nach abgeklungen, und ihretwegen hätte es ewig so weitergehen und eine Schwangerschaft auf die nächste folgen können.

Längst konnte sie den Haushalt rund um die große Kinderschar nicht mehr allein bewältigen, doch dafür gab es ja Caroline. Liesbeth war sich inzwischen völlig sicher, dass ihre älteste Tochter niemals die Freuden des Eheglücks erfahren und ihr ein Leben lang erhalten bleiben würde. Niemand, zumindest kein Mann, interessierte sich für das Mädchen, dessen Mal im Laufe der Jahre sogar noch dunkler geworden war. Was immer die Zeit auch bringen würde, Caroline würde ihr weiterhin im Haushalt eine Hilfe sein, da war sich Liesbeth inzwischen ganz sicher.

Und mit einem gewissen Unverständnis beobachtete

16

sie die Bemühungen ihres Mannes, Caroline auszubilden. Auf welchem Gebiet genau, blieb dabei völlig unklar. Er fütterte seine Tochter mit medizinischem Wissen ebenso wie mit Bröckchen über Philosophie, Astronomie und anderen Dingen, die in Liesbeths Alltag keine Rolle spielten.

Als Caroline bei der Geburt des kleinen Carl allen Ernstes vorschlug, man sollte den Jungen Immanuel nach dem großen Philosophen Kant nennen, hatte dies nur beim Vater des Jungen Anklang gefunden. Aber Liesbeths Wahl war auf Carl gefallen, und das war auch gut so. Die großen Gelehrten dieser Welt interessierten sie nicht, und sie hoffte sehr, dass Caroline beim Zeitunglesen mit ihrem Vater nicht den Kopf verlor und bald erkannte, wo in diesem Leben ihr Platz war. Gott hatte für sie nichts Großes im Auge gehabt, das war ja mehr als offensichtlich. Carolines Zukunft würde der Haushalt sein und die Erziehung ihrer Geschwister und vermutlich auch der Nichten und Neffen.

Kapitel 2

Albert Gründig saß auf dem Bock seines Einspänners und sah dem Pony beim Grasen zu. Der Sonntagvormittag ging zielsicher in die Mittagszeit über und er empfand keine Eile bei dem Gedanken, das Sonntagsessen zu verpassen. Liesbeth war keine begnadete Köchin und die lautstarke Kinderschar am Esstisch tat ihr Übriges, um den Genuss klein und kurz zu halten.

Hier draußen war es angenehm friedlich. Es roch nach Heu, die Vögel sangen – kurzum, es war ein herrlicher Sommertag. Statt in sein ewig lautes Heim zurückzukehren, genoss er die Ruhe, den Ausblick auf die Kornfelder und diesen Moment, der nur ihm gehörte.

Der Kirchgang und alles, was damit verbunden war, reizte ihn schon seit Jahren nicht mehr. Die Predigten des Pfarrers ödeten ihn an, seine Kinder gingen ihm auf die Nerven, und der Anblick einer ins Gebet vertieften Liesbeth schreckte ihn ab. Die vergangenen zwanzig Jahre waren nicht ganz so verlaufen, wie er es erwartet hatte, aber im Großen und Ganzen war er zufrieden mit seinem Schicksal. Auch wenn es ihm nie wirklich gelungen war, Liesbeth für seine Arbeit zu interessieren, gab es da ja immer noch Caroline. Die Wissbegier seiner Ältesten bereitete ihm große Freude. Im Gegensatz zu seiner Frau sorgte er sich auch nie um die Zukunft des Mädchens. Gut, sie war vielleicht keine Augenweide, aber ein Mann, ein richtiger Mann, der es wert war, würde darüber hinwegsehen können, daran glaubte er fest. Und verpasste das Mädchen wirklich so viel, wenn sie nicht Ehefrau und Mutter würde? Ihm hatte die Ehe in erster Linie Verpflichtungen beschert, dachte er so manches Mal, wenn er die Mäntel und Schuhe seiner Kinder aufgereiht im Hausflur bewundern konnte. Nichtsdestotrotz liebte er

18

Liesbeth und konnte sich nicht vorstellen, von ihr zu lassen, nur damit die Zahl der Gründig-Kinder nicht noch weiter anstieg.

Träge lehnte er sich zurück und schloss die Augen. Gab es etwas Schöneres als die Stille der Natur? Kaum möglich. Und er war sich sicher, dass jeder Vater kleiner Kinder ihm hierin beipflichtete.

»Hier versteckst du dich also«, hörte er eine noch weit entfernte Frauenstimme rufen.

Albert seufzte. Vorbei war es mit der Ruhe. Er brauchte nicht einmal nachzusehen, um zu wissen, dass die Stimme zu Hilda Sandrini gehörte. Und wo Hilda war, da konnte auch seine Schwiegermutter nicht weit sein.

Recht hatte er.

»Albert Gründig! Mach dich sofort auf den Weg zu deiner Familie. Es ist Sonntag und Liesbeth steht nicht zu ihrem Vergnügen in der Küche, um dich mit einem guten Essen zu versorgen. Jetzt zeig dich mal dankbar, pflück deiner Frau wenigstens noch ein paar Kornblumen und fahr los!«

Die Stimme von Theda Sandrini durchriss die Stille des Sommertages wie ein Gewehrschuss. Albert fügte sich in sein Schicksal. Kornblumen. Tja, wenn Frauen so etwas mochten, dann bekamen sie eben Kornblumen. Er stieg vom Bock und ging den beiden Frauen entgegen.

Doch mit jedem Schritt, den sie einander näherkamen, zerfurchte sich Alberts Stirn mehr. Es waren Sorgenfalten, von denen er eigentlich schon genug hatte, doch das, was er jetzt sah, bescherte ihm gleich noch ein paar zusätzliche.

Theda sah alt aus. Weit älter, als sie es mit ihren 55 Jahren eigentlich war. Und sie hatte ganz offensichtlich an Gewicht verloren. Auch schien sie noch wackliger auf den Beinen zu sein als gewöhnlich, denn Hilda, die ihre Schwägerin stützte, stand der Schweiß auf der Stirn.

Augenblicklich vergaß Albert alle Kornblumen und auch die Stille des Sonntags. Beherzt legte er einen Arm um Thedas Taille und gab Hilda ein Zeichen, dass sie sich ausruhen konnte, was diese auch dankbar annahm.

»Liesbeth und das Sonntagsessen werden warten müssen«, verkündete Albert und sah seiner Schwiegermutter in das bleiche Gesicht. »Ich fahre euch beide heim. Hilda kann hinten bei meiner Arzttasche Platz nehmen und sie auch gleich mit ins Haus tragen, wenn wir angekommen sind. Und du erzählst mir, was eigentlich los ist.«

Theda setzte eine mürrische Miene auf, wie sie es immer tat, wenn sie merkte, dass andere für sie Entscheidungen trafen. »Was soll schon los sein? Der Appetit hat mich verlassen, das ist alles. Ich werde eben alt.«

»Appetitlosigkeit ist kein Zeichen des Alters«, widersprach Albert. »Jedenfalls nicht in deinem. Hat sie Schmerzen?« Die letzte Frage galt Hilda, weil er befürchtete, dass Theda ihn ohnehin belügen würde.

»Immerzu hat sie Schmerzen, aber sie glaubt, ich würde es nicht bemerken.« Hilda feixte, als Thedas strenger Blick sie traf. »Es ist allerhöchste Zeit, dass du sie dir einmal ganz genau ansiehst.«

»Er ist mein Schwiegersohn, und ich lege keinen Wert darauf, von ihm genau angesehen zu werden«, widersprach Theda ein wenig atemlos.

»Ich bin auch dein Arzt, vergiss das nicht. Ich war schon Milans Arzt.«

»Ja, und nun bin ich Witwe, was sagt uns das also?«

Albert ging nicht auf ihren bissigen Kommentar ein und half ihr stattdessen auf den Kutschbock hinauf. Ja, Theda hatte mit Sicherheit einige Kilos verloren. Sie kam ihm nahezu federleicht vor, als er sie auf den Sitz hob. Wie hatte das seiner Aufmerksamkeit so lange entgehen können? Warum war Liesbeth der schlechte Allgemeinzustand ihrer Mutter nicht aufgefallen? Sicher lag es

20

an der Entfernung. Der Sandrini-Hof lag ein gutes Stück außerhalb des Dorfes und die beiden Frauen lebten dort recht isoliert.

Er ließ die Peitsche knallen und sein Pony trabte an, während Hilda sich etwas zu schwungvoll neben seine Arzttasche fallen ließ. Keine zwei Minuten später fielen Theda die Augen zu, und Albert hatte Sorge, sie könnte vom Bock fallen. Wieder legte er fürsorglich einen Arm um sie, was die Frau gar nicht zu spüren schien. Mit sorgenvollem Blick wandte sich Albert Hilda zu, die ein trauriges Gesicht machte und zustimmend nickte. Ohne es auszusprechen, wussten sie, dass sie der gleichen Meinung waren: Theda Sandrini war ernsthaft krank.

»Caroline, hilf deiner Schwester beim Umziehen! Ich will nicht, dass sie sich ihr Sonntagskleid beim Spielen ruiniert.«

Von welcher Schwester war die Rede, fragte ich mich und stülpte aufs Geratewohl der kleinen Flora ein Kittelkleid über.

»Und vergiss nicht, ihr die Schuhe zu binden!«, hörte ich die Stimme meiner Mutter aus der Küche rufen.

Welche Schuhe? Suchend blickte ich mich in der Kinderstube der Kleinsten um und fand ein paar Holzschuhe unter dem Bettchen des kleinen Carl. Es war mir gerade gelungen, die widerspenstigen Kinderfüße hineinzustecken, als meine Mutter, die Bluse mit Mehl befleckt, im Türrahmen erschien. Wenn sich hier jemand das Sonntagskleid ruinierte, dann doch wohl sie.

»Lauf zum Herkthof, Caroline. Nimm Flora mit, sie hat die Hühner so gern.«

»Was soll ich denn da?«, fragte ich und gab mir keine Mühe, freundlich zu klingen.

21

»Die Bäuerin hat mir frische Eier für die Nachspeise im Tausch gegen eine Salbe für ihre schmerzenden Beine versprochen. Wenn du heute also schlemmen willst, meine liebe Tochter, dann setze ein netteres Gesicht auf und mach dich auf den Weg.«

Ich murrte nicht mehr, denn es wäre ja doch sinnlos gewesen. Den Kopf gesenkt haltend und Flora hinter mir herziehend, betrat ich an diesem Sommertag erneut die staubige Dorfstraße. Nichts rührte sich zu dieser Tageszeit, nur die Luft über den nahen Misthaufen war erfüllt von unzähligen Fliegen. Warum war mir dieser Botengang aufgedrückt worden? Warum nicht Gertrud oder Clara, die wurden von ihren Mitmenschen nicht angestarrt wie eine Missgeburt.

Während Floras Laune umschlug, sie fröhlich vor mir den Weg entlanghüpfte und über Hühner sprach, wünschte ich mich in die Arbeitsräume meines Vaters. Zu seinen Büchern und den vielen Zeitungen, die er sich von Freunden aus allen Ecken des Landes zuschicken ließ. Dort, in dem kleinen, stickigen Raum, war meine Welt größer als hier draußen unter dem blauen Himmel.

Während unseres ganzen Weges zum Herkthof sehnte ich mich zurück in den Schutz meines Elternhauses, obwohl ich genau wusste, dass dort nur lästige Pflichten auf mich warteten, solange mein Vater nicht heimgekehrt war und mir den Zugang zu seinen Büchern gewährte.

»Da sind die Hühner!«, hörte ich Flora plötzlich rufen, was mich aus meinen Gedanken riss, und wusste, dass wir unser Ziel erreicht hatten. Ich war so in Gedanken versunken gewesen, dass ich meine Umgebung völlig vergessen hatte.

Vor uns in der Sonne lag der Hof mit seinen Stallungen. Die Tore der Fachwerkbauten erstrahlten in frischem Grün und alles sah gepflegt aus. Gleich neben dem Gehege, in dem braune Hennen herumliefen und eifrig

22

vor sich hin gackerten, entdeckte ich zu meiner Überraschung Goswin. Adelheids zukünftigen Mann. Das
Hühnerfutter großzügig in die Landschaft werfend, sah
er missmutig auf Flora herab, die ihn fröhlich anstrahlte.
Da schien noch jemand außer mir nicht viel für Kinder
übrig zu haben.

Goswin war kaum älter als Adelheid und ich. Mir war
er als angenehmer Zeitgenosse in Erinnerung geblieben,
was bedeutete, dass er mich in der Dorfschule nicht gehänselt und auch darüber hinaus nicht schlecht behandelt
hatte. Und da er nun der Ehemann meiner besten Freundin werden sollte, beschloss ich einen meiner seltenen
Anfänge für ein Gespräch zu wagen.

»Hallo Goswin«, rief ich betont fröhlich und übertönte
das Gegacker der Hühner. »Du wirst also nun wirklich
beim Schmied in die Lehre gehen?«

Ich hatte ein Lächeln, wenigstens ein Nicken erwartet, doch er hob nicht einmal den Kopf, sondern warf
lustlos weiter Futter unter das Federvieh. Ich verspürte
augenblicklich einen Anflug von Ärger. Dass man mich
anstarrte, war ich gewohnt. Auch, dass man über mich
sprach oder sich lustig machte. Aber ignoriert wurde ich
eigentlich nie.

»Du wirst sehr starke Arme bekommen, wenn du
erst gelernt hast, mit den Werkzeugen in der Schmiede
umzugehen. Das wird Adelheid sicher gefallen«, versuchte ich es ein zweites Mal.

Erfolglos. Goswins blondes Haar schimmerte in der
Sonne und Strähnen verbargen den Blick auf sein Gesicht sehr gekonnt. Sogar Flora kam das Verhalten des
jungen Mannes allmählich seltsam vor. Sie ging auf Distanz und in einigen Metern Abstand in die Hocke, um
verlorene Federn der Hühner einzusammeln.

»Geht es dir gut?« Es sollte mein allerletzter Vorstoß
sein, ihn zum Sprechen zu ermuntern.

23

Die Reaktion kam prompt und mit einer gehörigen Portion Verachtung, Wut oder was auch immer in ihm gärte. »Was geht es dich an, Caroline? Was immer ich tue oder lasse hat dich genauso wenig zu interessieren wie irgendjemanden sonst.«

Ich biss mir auf die Lippen und wandte mich brüsk von ihm ab. Natürlich, ich war ja nur die Caroline, das hässlichste Mädchen im ganzen Dorf. Mir musste man nicht antworten. Höflichkeit hatte ich auch nicht verdient, wie es schien. Warum gab ich mir eigentlich Mühe?

Ich rief nach Flora, während ich mit großen Schritten auf die Haustür der Herkts zuging und so kräftig mit dem Türklopfer gegen das Holz stieß, dass man dort drinnen glauben musste, ich könnte mein Eintreten kaum erwarten. In Wirklichkeit wünschte ich, bereits wieder auf dem Rückweg zu sein.

Als mir schwungvoll geöffnet wurde, erkannte ich Goswins Mutter, eine kräftige Frau, die ihren Sonntagsstaat bereits wieder gegen ein schlichtes, braunes Arbeitskleid eingetauscht hatte.

»Ach, du bist es, Caroline. Ich fürchtete schon, es sei etwas passiert. Bringst du mir die Salbe für meine wehen Beine?«

Ich nickte, nahm den Tiegel aus dem Körbchen, dass ich den ganzen Weg über mit mir geschleppt hatte und sah mich nach Flora um, die mein Rufen einfach ignoriert hatte und noch immer Federn sammelte.

»Du solltest diese Salbe auch einmal ausprobieren, Kind. Schlimmer kann es ja nicht mehr werden, oder?« Die Stimme der Bäuerin klang mitleidig.

Ich schluckte und nickte wieder.

»Man sollte doch meinen, dass deinem Vater als erfahrenem Dorfarzt ein Mittelchen einfällt, dass dir diese furchtbare Entstellung nimmt, nicht wahr?«

Es war nicht das erste Mal, dass ich darauf hingewi-

24

esen wurde, wie wenig mein Aussehen dazu beitrug, das Vertrauen in die Arbeit meines Vaters zu fördern. Ich nickte also nicht und hätte mich am liebsten schleunigst davongemacht, aber ich musste ja auf die versprochenen Eier warten. Also ertrug ich das Geschwätz der Frau Herkt noch eine ganze Weile, bis es ihr einfiel, mir endlich die zerbrechliche Gegenleistung in mein Körbchen zu legen.

»Wenn der Goswin nun bald die Adelheid heiratet, kann ich auf dem Hof hier eine gute Hilfe gebrauchen. Was meinst du Caroline? Da du kaum heiraten wirst, könntest du doch als Magd zu uns kommen. Deine Familie wird es freuen, einen Esser weniger zu haben und dich gut untergebracht zu wissen.«

Bis zu diesem Moment hatte ich jeden Blickkontakt mit der Bäuerin vermieden, aber alles hatte seine Grenzen. Ich hob den Kopf und sah ihr geradewegs ins Gesicht. »Vielen Dank, aber das genügt mir nicht. Ich erwarte mehr vom Leben als Kühe melken und Eier einsammeln. Und ich bin mir sicher, dass ich bekomme, was ich will.« Das war gelogen. Natürlich war es gelogen. Aber wer konnte denn immerzu diese Demütigungen ertragen, ohne in Zorn oder Hochmut zu verfallen? Ich nicht.

Goswins Mutter sperrte nun wie erwartet Mund und Augen auf, während wir einander anstarrten. Und nachdem ich mich hastig verabschiedete und ein weiteres Mal nach meiner kleinen Schwester rief, hörte ich sie murmeln: »Der Teufel steht den seinen eben doch ins Gesicht geschrieben.«

Gern hätte ich jetzt erwidert, dass der Teufel auch für die seinen sorgte, doch ich wollte es nicht auf die Spitze treiben und ging davon.

Flora, die Hände voller brauner und weißer Hühnerfedern, kam zufrieden auf mich zu gehüpft, und ich brachte es nicht über mich, sie für ihre Bummelei zu schelten. Stattdessen trieb ich sie zur Eile an und ging hoch erho-

25

benen Hauptes an Goswin vorbei, der noch immer Hühner fütterte. Das war das Gute an meinem Zorn, denn er sorgte dafür, dass ich nicht ausschließlich mit gesenktem Kopf durch die Gegend schlich. Doch brachte er mich zugleich regelmäßig in Schwierigkeiten. So auch heute. Ich fragte mich, wie lange es dauern konnte, bis die Herkt-Bäuerin den Inhalt unseres kleinen Gesprächs an ihrer Haustür in Umlauf gebracht haben würde. Sicher würde mich in Kürze die gerechte Strafe für meine hochmütige Bemerkung ereilen.

»Caroline, was ist denn los, warum rennen wir so?«, quengelte Flora und folgte mir, so schnell sie eben konnte.

»Wir fliehen vor der gedankenlosen Gemeinheit der Mitmenschen«, erwiderte ich, verlangsamte aber unwillkürlich meine Schritte. Flora konnte schließlich nichts dafür.

»Das klingt spannend«, stieß Flora etwas atemlos hervor. »Wohin fliehen wir?«

»Zu Immanuel Kant«, stieß ich hervor und dachte an das neuste Buch meines Vaters, das er mich noch nicht hatte lesen lassen.

»Wo wohnt denn der?« Flora hatte immer noch Mühe, Schritt zu halten.

»In Vaters Bücherregal«, erwiderte ich prompt und brachte damit Floras Neugier augenblicklich zum Verlöschen. Bücher interessierten meine kleine Schwester überhaupt nicht.

Als wir nach einem langen Marsch, auf dem Flora über Gebühr herumgetrödelt hatte, staubig in der Diele meines Elternhauses erschienen, drückte mich das Gewissen bereits schwer. Ich hatte ein Arbeitsangebot ausgeschlagen. Einfach so, ohne es auch nur in Betracht zu ziehen. Und ich hatte mich mal wieder unmöglich benommen.

Den Mantel ablegend, überlegte ich mir bereits eine

26

gute Entschuldigung, die ich vorbringen konnte, falls der Dorfklatsch mich und Flora bereits überholt hatte und zuerst hier eingetroffen war. Das war bei aller Unwahrscheinlichkeit nämlich nicht unmöglich. Und richtig: Als ich mit dem Korb voller Eier die Küche betrat, saßen dort meine beiden Eltern am Tisch und hielten sich an den Händen. Vaters Miene drückte Trauer aus und meine Mutter schien sogar geweint zu haben. Ich hatte es also wieder einmal geschafft und die Familie um ihren sonntäglichen Frieden gebracht.

»Ich wollte nicht unhöflich sein, aber sie hat gar nicht gemerkt, wie gemein sie daherredete«, verteidigte ich mich und stellte die Eier auf den Tisch. »Warum können die Leute nicht einfach die Wirkung ihrer Worte überdenken, bevor sie sie aussprechen?«

Meine Mutter sah mich mit verweinten Augen verwundert an: »Wovon redest du, Caroline?«

Ich biss mir auf die Lippen und erkannte sofort, dass ich zu voreilig gewesen war. »Es geht also gar nicht um mich?«, fragte ich vorsichtig.

»Nein, Caroline, es geht tatsächlich einmal nicht um dich.« Mein Vater seufzte. »Es geht um deine Großmutter, Theda. Sie ist sehr krank.«

Ich fühlte, wie meine Knie nachgaben und suchte mir rasch einen freien Stuhl, auf den ich fallen konnte.

»Wie krank?«, brachte ich heraus und sah meinen Vater fragend an. »Zu krank für die Heilkunst unserer Tage?«

»Ich fürchte, ja.« Mein Vater senkte den Blick und meine Mutter schluchzte laut auf.

Ich starrte auf die frischen Eier im Körbchen und wusste, dass es heute keinen Nachtisch geben würde.

27

Kapitel 3

Albert Gründig behielt wie so oft Recht und schon zwei Wochen später stand Liesbeth am Grabhügel ihrer Mutter und versuchte vergebens, so etwas wie Stärke zu zeigen. Noch sprach der Pfarrer lobende Worte über die Verblichene, noch standen die wenigen Bekannten der Sandrinis mit gesenkten Köpfen um das Grab herum. Hier wollte Liesbeth nicht weinen. Aber später, wenn es ihr gelang, sich vor allen Mitmenschen allein in ihre Kammer zu flüchten, dann wollte sie ihren Tränen freien Lauf lassen.

Wie sehr hatte Liesbeth gewünscht, dass ihr Bruder wenigstens anlässlich des Begräbnisses ihrer Mutter die Reise von Österreich bis in den Norden Deutschlands nicht gescheut hätte. Doch so wie er der Heimat schon ferngeblieben war, als Liesbeth ihm von Thedas Krankheit geschrieben hatte, so war er auch jetzt abwesend. Es schien ihm selbstverständlich, dass Liesbeth sich um alles kümmerte, das Begräbnis wie auch das Erbe. Liesbeth unterdrückte einen Seufzer. Clemens meinte es nicht böse. Er lebte eben in seiner eigenen Welt.

Die Beziehung Liesbeths zu Theda war nie ganz einfach gewesen, doch sie hatte die Mutter geliebt. Auch wenn sie immer nur die zweite Geige hinter ihrem begabten Bruder Clemens gespielt hatte, war Theda ihr eine gute Mutter gewesen, die sich in den letzten Jahren vor allem durch Zurückhaltung ausgezeichnet hatte. Theda wäre es nie eingefallen, ihrer erwachsenen Tochter unaufgefordert Ratschläge zu erteilen. Sie hatte auch nie dazu geneigt, unaufgefordert im Hause Gründig aufzutauchen. Ja, sie war eine angenehme Großmutter für die Kinder gewesen, die sich nie in die Erziehung eingemischt hatte.

Einzig wegen Caroline hatte es manchmal Unstim-

28

migkeiten gegeben, aber was besagte das schon? Ein Kind wie Caroline führte zwangsläufig zu Unstimmigkeiten, daran war Liesbeth gewohnt. Und sicher hatte es auch die Herkt-Bäuerin nur gutgemeint, als sie Caroline eine Stelle als Magd angeboten hatte. Na, dieses Angebot würde nach Carolines mangelndem Benehmen sicher nicht wiederholt werden.

»Liesbeth, wir müssen miteinander sprechen«, hörte sie eine Stimme neben sich flüstern. Es war Hilda.

Liesbeth umklammerte die Perlen ihres Rosenkranzes und runzelte die Stirn. Konnte das nicht warten? Theda war tot, ein Leben war zu Ende gegangen, da musste es doch möglich sein, das Leben mit all seinen Pflichten wenigstens für einen Moment ruhen zu lassen.

»Es geht um den Sandrini-Hof«, flüsterte Hilda weiter. »Theda hat …«

»Es ist völlig in Ordnung, wenn meine Mutter dir den Hof und alles was dazugehört hinterlassen hat«, flüsterte Liesbeth rasch zurück, um das Gespräch schnell wieder zu beenden. »Ich hätte sowieso nicht gewusst, was ich mit einem Bauernhof anfangen soll, und Clemens wird das nicht anders sehen. Ich habe ihm geschrieben und über Mutters Tod in Kenntnis gesetzt. Er hielt es nicht einmal für nötig, zu kommen. Er ist ja so weit fort in diesem Österreich.«

»Theda hat ihm ebenfalls vor ihrem Tod geschrieben.« Hildas Stimme klang schneidend. »Sie hatte gehofft, dass ihr Sohn sich aufmachen und sie vor ihrem Tod noch einmal besuchen würde. Aber das war wohl zu viel verlangt von dem vornehmen Herrn Musikus.«

Liesbeth presste die Lippen zusammen. Schon an jenem Sommertag in der Küche, als Albert ihr eröffnet hatte, dass er Theda untersucht und eine große Beule dort bemerkt hatte, wo sich üblicherweise die Leber befand, war ihr klar gewesen, dass nur wenig Hoffnung

29

für ihre Mutter bestand. Natürlich hatte Albert nichts unversucht gelassen, um die Geschwulst und später die Schmerzen einzudämmen. Doch all seine Bemühungen blieben erfolglos und so war Thedas Tod schließlich eine Erlösung gewesen. Nun war es für vieles zu spät, ganz besonders Clemens hatte die letzte Chance, seine Mutter noch einmal zu sehen, ungenutzt verstreichen lassen.

»Und außerdem hat Theda mir den Hof überhaupt nicht vermacht«, hörte sie Hildas Stimme neben sich sagen. »Deswegen müssen wir beide ja dringend reden.«

Verblüfft sah Liesbeth auf und der sehr bleichen Hilda ins Gesicht. »Hat sie nicht? Aber warum denn nicht? Du warst doch die Stütze ihrer letzten Jahre.«

Liesbeth bemerkte an der Reaktion der Umstehenden, dass sie zu laut gesprochen hatte und senkte rasch wieder den Kopf, um den mahnenden Blicken des Pfarrers zu entgehen. Und sobald sie sicher war, dass die Aufmerksamkeit der Anwesenden nicht mehr ihr galt, flüsterte sie Hilda zu: »Ich komme gleich heute Abend zu dir. Dann klären wir diese Angelegenheit.«

Noch immer schien die Sonne auf den von hohen Bäumen umstandenen Sandrini-Hof, als Liesbeth einige Stunden später in Begleitung von Caroline dort eintraf. Geschickt lenkte Liesbeth die einspännige Kutsche über den schmalen Weg. Die letzten Stunden, die so viele Gefühle und Tränen mit sich gebracht hatten, lagen wie Blei auf ihren Lidern, und Liesbeth wäre gern schlafen gegangen, doch sie hatte Hilda diesen Besuch versprochen. Als sie nun vor dem Gartentor Halt machte, bat sie ihre älteste Tochter, das Pferd auszuspannen und zu versorgen, während sie selbst vom Bock glitt und schnurstracks die Stube des Hofes durch die nur angelehnte Vordertür betrat.

Gleich hinter der Haustür lag die große Wohnstube, die Küche, Esszimmer und Wohnraum in einem war. Hilda

30

saß an einem großen Holztisch, dessen Oberfläche über die Jahre durch das viele Scheuern ganz weiß wirkte. Sie lächelte nicht, sondern schien sehr ernst und gefasst.

»Selbstverständlich kannst du hier wohnen bleiben«, versprach Liesbeth anstelle einer Begrüßung. »Ich will den Sandrini-Hof gar nicht und Albert ebensowenig. Wir sind keine Bauern, was sollen wir also damit? Ich kann mir gar nicht erklären, warum Mutter den Hof mir vermacht hat.«

»Das hat sie auch nicht«, erklärte Hilda und klang müde.

Liesbeth war zum zweiten Mal an diesem Tag mehr als überrascht. Hastig zog sie sich einen Stuhl heran und nahm Hilda gegenüber Platz. »Sie hat ihn allen Ernstes Clemens vermacht? Das ist ja noch verrückter. War meine Mutter in ihren letzten Stunden etwa nicht bei Verstand?«

»Sie konnte doch nichts vermachen, was ihr gar nicht gehört«, stellte Hilda klar.

»Was soll das bedeuten?« Liesbeth verstand endgültig gar nichts mehr.

»Keiner deiner beiden Elternteile ist hier geboren worden. Sie bekamen diesen Hof durch die Großzügigkeit des Kurfürsten Clemens August.«

»Ja, ich weiß.« Liesbeth nickte. »Deswegen heißt Clemens ja auch wie er nun einmal heißt. Nach unserem großen Gönner. Eine seltsame Geschichte, bei der ich bis heute nicht sicher bin, ob ich alle Zusammenhänge verstanden habe.«

»Die Zusammenhänge sind jetzt, da deine Eltern und auch der Kurfürst tot sind, völlig unerheblich.« Hilda verschränkte die Arme vor der Brust. »Es verhält sich allerdings so, dass deine Eltern über die Jahre den Gegenwert des Hofes in Geld zu erbringen hatten. Sie haben den Sandrini-Hof nach und nach abbezahlt. Leider ist es ihnen nicht gelungen, dieser Verpflichtung zu Lebzeiten vollständig nachzukommen. Der Hof war also noch

nicht das Eigentum deiner Mutter. Was Theda vererben konnte, war das Recht, auch weiterhin hier zu leben und zu arbeiten. Der Erbe übernimmt dann auch die noch ausstehenden Schulden.«

»Und wem hat meine Mutter nun dieses Recht vermacht, wenn nicht dir, mir oder meinem Bruder?« Liesbeth wurde langsam ungeduldig.

»Theda wollte, dass Caroline den Sandrini-Hof bekommt.« Hilda klang ruhig und sachlich.

Liesbeth jedoch war wie vor den Kopf geschlagen. »Caroline? Aber das geht doch nicht. Sie ist ja fast noch ein Kind. Und ich brauche sie zudem im Haushalt. Da sind schließlich eine Menge Kinder zu versorgen.«

»Deine Kinder«, stellte Hilda klar. »Und die können unmöglich Carolines Zukunft sein. Das musst du doch einsehen.«

»Im Gegenteil!«, widersprach Liesbeth. »Wenn Gertrud einmal heiratet und eine Familie gründet, kann Caroline auch ihr eine Stütze im Haushalt sein. Sie ist erfahren im Umgang mit Kindern und kann ebenso gut Nichten und Neffen versorgen. Und fünf gesunde Kinder zu haben, bedeutet eine ganze Menge Nichten und Neffen.«

»So hast du dir das also gedacht?« Hilda verzog das Gesicht, aber es wirkte nicht wie ein Lächeln. »Du bildest deine Erstgeborene selbst zur Hilfe im Haushalt aus und reichst sie später an ihre eigenen Geschwister weiter? Was hält denn Albert von diesem Plan? Was sagt Caroline dazu? Auf mich hat sie nie den Eindruck gemacht, dass sie gerne für den Rest ihres Lebens Brei anrühren und Windeln wechseln will.«

»Was Caroline will, ist doch gar nicht von Belang.« Liesbeth verschränkte nun ebenfalls die Arme vor der Brust. »Albert setzt ihr Flöhe ins Ohr, schürt die Hoffnung auf Bildung und ein Studium der Wissenschaft, aber wie sollte das zugehen? Ein Mädchen als Arzt oder Philosoph?

32

Wer würde ihre Dienste in Anspruch nehmen wollen? Und da sie mit dieser Landkarte aus Lava in ihrem Gesicht kaum auf eine Heirat hoffen kann …«

»Sprich nicht weiter, Mutter!« Die Stimme war aus der Richtung der Tür gekommen.

Liesbeth biss sich auf die Lippen. Wie hatte sie nur vergessen können, dass Caroline sich draußen um das Pferd gekümmert hatte und irgendwann zwangsläufig zu ihnen stoßen würde? Wieviel hatte das Mädchen gehört? Zuviel vermutlich.

In diesem Moment hasste ich meine Mutter aus ganzem Herzen. Dass sie mich als ihre Dienstmagd betrachtete, war ja noch begreiflich. Aber dass sie mich gedanklich auch schon an Getrud weitergereicht hatte, damit mein Leben auch wirklich auf immer und ewig so weiterging, ohne Hoffnung auf Erfüllung, Unabhängigkeit, Stolz oder Würde, das traf mich so hart, dass ich glaubte, mich an Ort und Stelle erbrechen zu müssen.

»Caroline, es ist doch nur zu deinem besten«, hörte ich die Stimme meiner Mutter, die von ihrem Stuhl aufgesprungen war und jetzt auf mich zugelaufen kam. Aber ich wollte ihre Umarmung nicht, wollte ihren Trost nicht. Ich fühlte mich von ihr verraten und fast schon verkauft.

»Papa kennt mich besser als du«, stieß ich hervor. »Er weiß, wozu ich tauge.«

»Aber er kann dir nicht helfen, Kind.« Ihre Stimme klang kaum weniger verzweifelt als meine. »Niemand kann das. Es gibt keine gelehrten Frauen in dieser Welt.«

»Die gibt es doch!«, widersprach ich. »Wenn du Vaters Zeitungen einmal lesen würdest, anstelle damit den Ofen zu heizen, dann wüsstest du auch mehr darüber. In Österreich, ganz in der Nähe von Onkel Clemens, gibt es

33

seit diesem Jahr ein Pensionat, in dem Frauen zu Lehrerinnen ausgebildet werden.«

»Wenn du deinen Geschwistern etwas beibringen willst, werde ich dich gewiss nicht davon abhalten.« Liesbeth klang plötzlich ebenfalls zornig.

»Aber es geht ja nicht darum, einen Strumpf zu stopfen oder einen Pudding nicht anbrennen zu lassen!«, schrie ich. »Es geht um Astronomie und Philosophie und …«

»Und wie soll das beim Stopfen der Strümpfe helfen?« Auch meine Mutter schrie jetzt. »Willst du Sternbilder auf ihre Fäustlinge sticken, bitte sehr, ich halte dich nicht auf. Aber rühre keinen Sternenstaub in den Pudding, Caroline, das ist nämlich nichts, was irgendjemandem aus der Familie Gründig jemals von Nutzen sein wird. Wir leben hier auf dem Land, die nächste Universität ist so weit entfernt wie der Mond und das weißt du genau. Und trotzdem…«

»Trotzdem will ich selbst entscheiden, was ich aus meinem Leben machen werde.« Ich unterdrückte die Tränen, die jetzt mit aller Macht nach außen drängten. »Ich will es. Du hast kein Recht, das für mich zu tun. Ich bin frei.«

»Das bist du ganz sicher nicht, Caroline Gründig«, zischte meine Mutter.

»Jetzt schon«, stellte Hilda klar und sah mich an. »Dieses Haus ist dein Heim, wenn du es haben willst. Dieser Hof ist vielleicht keine Universität, aber er garantiert dir ein kleines bisschen Unabhängigkeit von deiner Familie. Das ist es, was deine Großmutter für dich wollte.«

»Sie hat sich nie eingemischt, wenn es um meine Kinder ging, bis zum heutigen Tag nicht!« Meine Mutter schrie noch immer. »Warum fängt sie jetzt damit an?«

»Vermutlich hielt sie es für notwendig, weil sie ahnte, was für eine Zukunft du für Caroline planst.« Hilda stand auf. »Ich gehe jetzt raus und gebe den Tieren frisches Wasser. Wenn ihr mit eurem Streit fertig seid, würde ich

34

gern hören, was dabei herausgekommen ist. Aber in einem gemäßigten Ton, bitte sehr.« Damit verließ sie den Raum und ließ uns allein.

Ich schluckte und versuchte, mich zu beruhigen, als ich sagte: »Dorothea Christiana Erxleben hat schon 1754 promoviert. Frauen können jetzt Ärztinnen werden, Mutter. Ich könnte Vaters Arbeit fortführen, wenn er einmal alt wird.«

»Das kannst du nicht, du bist eine Frau!« Meine Mutter machte keinerlei Anstalten, sich wieder zu beruhigen. »Niemand wird dich akzeptieren! Glaubst du allen Ernstes, dass gestandene Männer vor dir ihre Hosen runterlassen, damit du ihre Krampfadern begutachten kannst? Was sollen denn die Leute denken, wenn du die Arbeit eines Mannes ausführst?«

»Dass ich klug bin, vielleicht?«, antwortete ich gereizt. »Ach nein. Sie werden immer sagen, dass ich das ja nur mache, weil ich keinen Mann abbekommen habe, ich armes Ding. Weil ich hässlich und entstellt bin. Und wenn schon? Vielleicht will ich ja gar keinen Mann.«

Jetzt erst atmete meine Mutter ruhiger und sah sich in der Stube ihres Elternhauses um. »Wenn man es genau nimmt, sind deine Chancen auf einen Ehemann mit dieser Erbschaft gerade gestiegen. Für einen Hof nimmt ein Kerl so einiges in Kauf. Vielleicht war deine Großmutter klüger als ich zunächst dachte.«

Das brachte das Fass zum Überlaufen. Ich trat zur Haustür, die jetzt meine war und öffnete sie weit. »Auf Wiedersehen, Mutter. Morgen komme ich und hole meine Habseligkeiten.«

Und während ich zitternd und den Tränen nahe zurückblieb, verließ die Frau, die mich zur Welt gebracht hatte, tatsächlich hoch erhobenen Hauptes das Haus, kletterte auf den Kutschbock und gab dem völlig überraschten Pferd die Peitsche.

Ich sah ihr nach, wie sie davonfuhr, während gleichzeitig der Wind in den Baumwipfeln über ihr rauschte. Meine Bäume. Mein Heim. Ich, Caroline Gründig, hatte jetzt mein eigenes Zuhause.

»Fünf Ziegen, acht Schafe, drei Kühe und ein Dutzend Hühner«, erklärte mir Hilda, während sie mich durch den Stall führte, der gleichzeitig auch Scheune war und Heu und Stroh in großen Ballen beherbergte. »Wie du siehst, dient dieser Bestand mehr der Eigenversorgung. Um Handel mit den Erzeugnissen zu betreiben, reicht es nicht.«

»Dann leben wir also eher von der Landwirtschaft?«, fragte ich und sah Hilda dabei zu, wie sie der Ziege über das Köpfchen streichelte.

»Nach dem Tod deines Großvaters hat deine Mutter den Großteil der Ländereien an andere Bauern im Dorf weiterverpachtet. Es war uns einfach nicht möglich, sie zu bewirtschaften.« Hildas Stiefel stieß einen Eimer beiseite, der ihr im Weg stand, dann öffnete sie das Stalltor und winkte mir, ihr zu folgen. »Das ist es, wovon wir in der Vergangenheit gelebt haben.« Sie deutete auf eine Wiese voller Obstbäume und zahlreicher Pflanzen, die nahe des Hauses auf den Feldern wuchsen. »Obst und Gemüse gibt es auf dem Sandrini-Hof in Hülle und Fülle. In den nahen Städten sind unsere Äpfel bekannt und werden als besonders süß geschätzt.«

»Wir ernten also Gemüse und Obst und verkaufen es auf dem Markt?«, fasste ich ihre Ausführungen zusammen.

»Wir verkaufen nicht und wir reisen auch nicht mit unserer Ware über Land wie irgendwelche fahrenden Händler.« Hilda klang großspurig. »Das überlassen wir jenen,

36

die uns die Ware direkt vom Hof holen. Wenn auch nur ein Apfel diese Wiese verlässt, dann ist er im nächsten Augenblick auch schon bezahlt. Wie gesagt, man schätzt unser Obst in den umliegenden Städten sehr. Wir müssen unsere unsere Ernte nicht feilbieten, man rennt uns fast die Türen ein. Das liegt zweifellos an Thedas Händchen für gute Erde und gute Pflanzen.«

Ungläubig blickte ich auf die Apfel- und Kirschbäume und die endlosen Reihen der Gemüsebeete, die sich um mich erstreckten. »Und das alles haben Theda und du alleine gestemmt?« Ich konnte es nicht fassen. Allein die Apfelernte musste doch Wochen dauern, wenn man sie ohne Hilfe in Angriff nahm.

Doch Hilda lachte mich aus. »Bist du verrückt? Theda in ihrem Alter in einem Apfelbaum? Nein, das hätte ich nicht zugelassen.« Sie hakte mich unter und wir wanderten langsam an Reihen hellgrüner Kohlköpfe entlang. »Im Winter und auch im Frühling kommen wir ganz gut allein zurecht. Wenn dann die jeweiligen Ernten anstehen, kommen unsere zahlreichen Helfer. Sie sind fleißig, zuverlässig und preiswert. Seit Milans Tod kommen sie noch öfter als früher.«

»Was denn für Helfer?« Ich begriff, wie wenig ich vom Leben meiner Großmutter gewusst hatte, das doch gar nicht unweit meines Dorfes stattgefunden hatte.

»Zigeuner«, gab mir Hilda bereitwillig Auskunft. »Du weißt doch, dass ich selbst als Kind mit dem Wagen durch das ganze Land gereist bin. Heute bin ich froh, einen festen Platz im Leben gefunden zu haben, doch viele andere haben dieses Glück nicht. Auf dem Sandrini-Hof gibt es für sie Arbeit, Essen und einen Platz für ihren Wagen. Zumindest während der Erntemonate. Nicht ohne Stolz behaupte ich, dass Theda und auch Milan diesen Hof ohne meine Hilfe nicht hätten halten können. Meine Talente kamen hier voll zur Geltung.« Sie sah mich an.

»Ich würde gern bleiben, aber natürlich nur, wenn es dir recht ist.«

»Ob es mir recht ist?«, rief ich entsetzt aus. »Hilda, ohne dich würde ich all dem hier völlig hilflos gegenüberstehen. Ich bitte dich auf Knien, ich flehe dich an, einfach so weiterzumachen, wie du es schon zu Großmutters Zeiten getan hast.«

»Theda wusste, dass du dich so entscheiden würdest.« Hilda sah zufrieden aus. »Sie war der Meinung, dass wir beide ein gutes Gespann abgeben würden. Du wirst sehen, dass sich alles recht bald einspielen wird. Und ehe du dich versiehst, bleibt dir auch wieder Zeit für andere Dinge wie deine Studien oder deine Freunde.«

»Von letzteren habe ich ohnehin nicht sehr viele.« Ich zuckte mit den Schultern. »Und da ich gerade meiner eigenen Mutter die Tür gewiesen habe, steht es wohl auch um meine familiären Verbindungen schlecht.«

»Das renkt sich wieder ein«, behauptete Hilda und legte mir einen Arm um die Schultern. »Manchmal muss man einander verlassen, um sich neu finden zu können. Deine Mutter wird bald einsehen, dass es so für dich das Beste ist.«

Da war ich mir nicht so sicher. Meine Mutter und ich waren in einigen Dingen zwar grundverschieden, aber wir beide konnten schwierig und nachtragend sein.

38

Kapitel 4

Nachdem mich Hilda mit jeder Ziege und jedem Huhn persönlich bekannt gemacht hatte, wählte ich mir eine Schlafkammer über der Stube aus, die sich rein zufällig als Mädchenzimmer meiner Mutter entpuppte. Ich legte mich vollständig angezogen in das erstaunlich komfortable Bett, das einmal das ihre gewesen sein musste und starrte in die Dunkelheit. Der Schlaf wollte nicht kommen. Aus einem Impuls heraus hatte ich im Streit mit meiner Mutter gebrochen, und damit auch mit dem einzigen Leben, das ich bisher gekannt hatte. Ich war nicht länger die entstellte Erstgeborene, die man ihr Leben lang in der Familie weiterreichen würde. Ich war jetzt eine Bäuerin mit eigenem Hof. Das mochte nicht ganz mit dem Leben einer Geisteswissenschaftlerin gleichzusetzen sein, aber ich war unabhängig und abgesichert. Und wer hielt mich davon ab, meinen Studien auch weiterhin nachzugehen? Niemand. Das Geld, das ich mit Gemüse verdiente, konnte ich nach Herzenslust in Bücher investieren. Ich hätte es schlechter treffen können, das war gewiss.

Trotzdem fand ich erst Schlaf, als die Dämmerung hinter dem kleinen Fenster den nächsten Tag ankündigte und wurde im nächsten Augenblick auch schon von Hilda geweckt. So kam es mir zumindest vor.

»Aufstehen, waschen und die Tiere versorgen«, rief sie mir zu und war auch schon wieder aus meinem Blickfeld verschwunden. Der Klang ihrer Stiefel hallte über die Holzstufen der Treppe, wurde leiser und verstummte. Mühsam setzte ich mich auf und fragte mich zum ersten Mal, ob ich überhaupt für ein solches Leben geschaffen war. Aber wenn ich es nicht versuchte, würde ich die Antwort darauf niemals erfahren.

Gegen Mittag am Tag nach Thedas Begräbnis hörte Albert Gründig endlich das Geräusch, auf das er gewartet und das er herbeigesehnt hatte. Ein leises Tappen auf dem Hausflur. Caroline, seine Älteste, schlich sich zurück in ihr Elternhaus.

Er erhob sich von seinem Schreibtisch und öffnete die Tür seines Untersuchungszimmers. Da war sie, blickte ihn erschrocken und trotzig zugleich an, und war in diesem Moment ihrer Mutter so ähnlich wie nie zuvor.

»Du brauchst nicht herumzuschleichen wie ein armer Sünder«, sagte er freundlich. »Dies ist immer noch dein Elternhaus und wird es bleiben.«

»Danke, Papa.« Das klang ein bisschen steif. »Aber ich habe jetzt ein eigenes Zuhause.«

»Ja.« Er trat einen Schritt auf sie zu, hielt aber inne, als er sah, wie sich ihre Miene verfinsterte. »Ich wünschte, Theda hätte mich in ihre Pläne diesbezüglich eingeweiht. Man hätte das alles auch freundlicher in die Wege leiten können. Deine Mutter hat es immer nur gut mit dir gemeint, Caroline.«

»Sie wollte mich als Kindermädchen für sich selbst und meine Schwestern, wenn sie einmal verheiratet sind. Sie hat mein Leben verplant, ohne mich auch nur einmal zu fragen, was ich mir wünsche.«

»So ist deine Mutter eben.« Albert zuckte hilflos mit den Schultern. »Darin unterscheidet sie sich in nichts von anderen Müttern auf der Welt. Und jede von ihnen schmiedet Pläne für ihr Kind, die im Bereich des Vorstellbaren für sie liegen. Deine Mutter konnte sich für dich eben nicht mehr vorstellen. Das ist ihr Fehler, nicht deiner. Ich glaube, dass du weit mehr erreichen kannst, als du selber ahnst. Aber im Grunde ist es mir egal, ob du Gelehrte, Bäuerin, Hausmagd oder Ehefrau wirst, solange es

40

dich nur glücklich macht. Und tief in ihrem Innern fühlt Liesbeth dasselbe.«

»Sie sagt es aber nie.« In Carolines Augen blitzten Tränen. »Wo ist sie überhaupt? Ich hatte fest damit gerechnet, von ihr eine Strafpredigt zu bekommen.«

»Sie hat das Haus schon in aller Frühe mit all deinen Geschwistern verlassen. Sie plant ein Picknick im Grünen. Doch in Wahrheit wollte sie dir wohl nur aus dem Weg gehen«, erklärte er dem Mädchen.

»Das ist gut.« Sie seufzte und entspannte sich sichtlich. »Dann suche ich rasch meine Sachen zusammen und verschwinde wieder. Es ist sicher besser, wenn Mutter und ich uns eine Zeitlang aus dem Wege gehen.«

»Ich werde dich nicht aufhalten.« Er sprach noch immer ruhig und gelassen. »Doch würde es mich freuen, wenn du deinem alten Vater gestatten würdest, dich und Hilda von Zeit zu Zeit dort draußen auf dem Sandrini-Hof zu besuchen. Ich könnte dir Zeitungen vorbeibringen, wenn es dir recht ist. Und bei einem guten Bier spreche ich des Abends noch immer gern über Kant.«

Er fing sie auf, als sie in seine Arme flog, und trocknete geduldig ihre Tränen. Ja, sie war eben noch immer sein Mädchen und daran würde sich nichts ändern. Mit der Zeit würde auch die Missstimmung zwischen Mutter und Tochter beseitigt werden können. Es brauchte eben nur ein wenig Geduld.

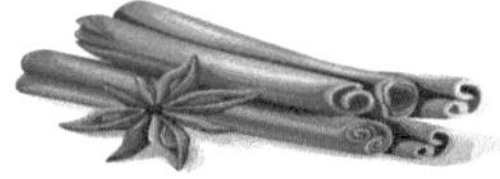

Die Begegnung mit meinem Vater hatte mir gutgetan, und mit leichtem Herzen räumte ich kurz darauf meine wenige Habe an neue Plätze, stellte mit feierlicher Miene meine wenigen Bücher auf das einzige Regal in der Stube des Sandrini-Hofes und hängte meine Jacke an den Haken neben der Eingangstür. Jetzt war ich hier zuhause.

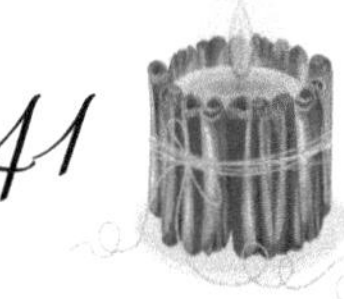

41

Und Hildas Lächeln ließ mich wissen, wie sehr ich willkommen war.

Doch am darauffolgenden Sonntag war das Lächeln
aus ihrem Gesicht verschwunden. »Aber selbstverständlich gehen wir beide heute zur Kirche. Es kommt
gar nicht infrage, dass du dich hier vor der Welt versteckst. Es ist sowieso längst im ganzen Dorf herum, dass
du nicht mehr bei deinen Eltern lebst, sondern das Erbe
deiner Großmutter angetreten hast. Also gehst du jetzt
stolz und erhobenen Hauptes in die Kirche.«

»Ich setze mich aber nicht zu meiner Familie« widersprach ich trotzig. »Auf keinen Fall werde ich den ersten
Schritt zu einer Versöhnung mit meiner Mutter machen.«

»Du darfst gern hinten bei mir in der letzten Bank sitzen.« Hilda grinste. »Dort fällt es auch weniger auf, wenn
man während der Messe mal ein Nickerchen macht.«

»Ich verstehe immer noch nicht, warum ich überhaupt
hingehen soll«, fauchte ich und band meine neue dun-
kelblaue Haube unter dem Kinn fest. »Der Kirchgang
bedeutet mir rein gar nichts. Ich schlage eben mehr nach
meinem Vater. Der weiß auch nicht, warum er seine Zeit
auf Kirchenbänken vertun soll.«

Da packte mich Hilda überraschend fest an den Schultern und sah mich ernst an. »Du bist noch immer ein Teil
dieses Dorfes, einer Gemeinschaft und das ist nicht ohne
Wert. Wirf das nicht leichtfertig weg. Knüpfe Kontak-
te, vereinsame nicht. Triff dich mit Adelheid. Lebe ein
erfülltes Leben, verdammt noch eins. Du kannst dir gar
nicht vorstellen, wie es ist, überall die Fremde zu sein.
Und ich wünsche es dir auch nicht.«

Damit schritt sie voran, und ich folgte ihr den Weg
durch die Kornfelder bis zum Dorf, wo ich schon das
Läuten der Kirchenglocke hören konnte. Und da geschah
es ganz wie von selbst: Mein Blick senkte und meine
Schultern hoben sich. Plötzlich war ich wieder die kleine

42

missgestaltete Caroline aus dem Arzthaus und nicht die neue Besitzerin des Sandrini-Hofes. So sehr ich mich auch bemühte, mein Selbstbewusstsein reichte einfach nicht für einen großen Auftritt vor aller Augen. Und ich hasste mich dafür. Hilda mochte es hassen, überall die Fremde zu sein, aber das bot ihr auch Chancen. Denn wenn man in einem Dorf aufgewachsen ist, dann bleibt man für alle Leute ewig dieselbe und ewig ein Kind. Was für einen Unterschied machte es schon, dass ich jetzt einen Hof bewirtschaftete und unabhängig war? In den Augen der Betrachter war ich noch immer die bemitleidenswerte Caroline.

»Kopf hoch, Schultern zurück«, kommandierte Hilda. »Da vorn wartet schon deine Freundin Adelheid auf dich. Ich denke, du solltest sie recht bald zu uns einladen.«

Jetzt hob ich wirklich den Kopf und warf meiner Freundin einen raschen Blick zu, den diese mit einem Lächeln und einem Winken erwiderte. Ich wusste, dass sie vor der Messe nicht mit mir sprechen, sondern an der Seite ihrer Eltern die Kirche betreten würde. Aber hinterher, da hatte Hilda recht, würde sich eine Gelegenheit ergeben, sie in mein neues Heim einzuladen.

Und noch einem lächelnden Gesicht begegnete ich in der verstreuten Menge von Dorfbewohnern, die alle der Kirchentür zuströmten: Es war Goswin Herkt, der sich das blonde Haar aus dem Gesicht strich und mir zuzwinkerte. Was fiel dem denn ein? Es war noch keinen Monat her, dass er mich auf dem Hof seiner Eltern völlig ignoriert hatte. Tat ihm sein Benehmen jetzt etwa leid?

Hilda drängte mich weiter und bald stand ich im Innern der Kirche, genoss die Kühle und wünschte den schweren Weihrauchduft dorthin, wo der Pfeffer wuchs. Rasch suchte ich mir neben Hilda einen Platz in der letzten Reihe und beobachtete jene, die nach uns durch das große Portal hereinströmten.

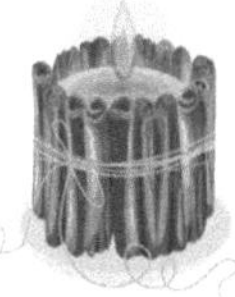

Beinahe zuletzt betraten meine Geschwister und wunderbarerweise auch mein Vater den Mittelgang. Sie alle winkten mir kurz zu, lächelten und sorgten dafür, dass mir schwer ums Herz wurde. Im Grunde waren sie doch alle herzallerliebst, besonders Flora. Ach, und sogar Gertrud war eigentlich ein nettes Mädchen. Ich sollte mich wirklich um ein gutes Verhältnis zu ihnen bemühen, jetzt da ich nicht mehr zuhause wohnte.

Da betrat meine Mutter die Bühne. Ganz in schwarz, denn Theda war ja noch nicht lange tot, die blassen Hände vor dem Bauch gefaltet, schritt sie hoch erhobenen Hauptes und ohne mich eines Blickes zu würdigen an mir vorbei. In diesem Moment begriff ich, dass sie niemals den ersten Schritt machen würde, um unseren Streit beizulegen. Und da ich mir geschworen hatte, es ebenfalls nicht zu tun, schien die ganze Situation mir plötzlich verfahren. Und eine Mischung aus Trauer und Trotz vernebelte meine Gedanken, während die Orgel zu spielen begann.

Von der gesamten Messe bekam ich nichts mit. Ich starrte nur auf den Hinterkopf meiner Mutter, die stur hinauf zum Altar schaute, und mit jeder Minute wurde mir der Hals enger, drückte der Weihrauch schwerer auf meine Brust. Schließlich hielt ich es nicht mehr aus. Eine Entschuldigung murmelnd, erhob ich mich und drängelte mich aus der letzten Bank. Ich hörte Hilda leise meinen Namen rufen, doch ich reagierte nicht darauf. Ich wollte nur noch hinaus, ich brauchte frische Luft und Sonnenschein und eine stabile Backsteinmauer zwischen mir und meiner Mutter, die mich mit Verachtung strafte.

Ich weiß nicht, wen ich auf meinem Weg in die Freiheit beiseitestieß oder auf die Zehen stieg - es war mir auch egal. Erst als das Tor hinter mir ins Schloss fiel und die Julisonne auf mein Gesicht brannte, fühlte ich mich ein wenig besser. Da öffnete sich hinter mir das Kirchenpor-

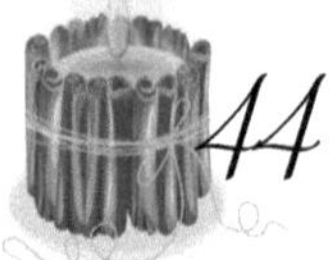

44

tal zum zweiten Mal. Ich drehte mich um und erwartete, Hilda zu sehen. Doch stattdessen stand Goswin vor mir und grinste mich an.

»Du hast wohl gar keine Angst, für eine Hexe gehalten zu werden, oder?«

Ich erstarrte, während er fröhlich weitergrinste.

»Wie bitte?«, brachte ich heraus.

»Noch vor hundertfünfzig Jahren hätte man solch eine Flucht aus dem Gotteshaus höchst bedenklich gefunden«, erklärte er rasch. »Und wenn man dann noch bedenkt …«

»Das ich das Mal des Teufels im Gesicht trage, dann kann ich mir auch gleich selbst einen Scheiterhaufen bauen«, ergänzte ich und sah ihn wütend an.

»Das wollte ich nicht sagen.« Sein Lächeln erstarb.

»Man muss nicht alles aussprechen, manchmal reicht schon der Gedanke, um jemanden zu beleidigen«, fauchte ich und wusste doch im gleichen Moment, dass ich ungerecht war. »Im Übrigen bin ich nicht vor Gott geflohen, sondern vor meiner Mutter.«

»Ja, da sind die Übergänge manchmal fließend.« Er wagte ein vorsichtiges Lächeln. »Ich flüchte auch oft. Nicht nur vor meiner Mutter, sondern auch vor meinem Vater. Die beiden meinen es ja nur gut mit mir, doch die Art und Weise, wie sie mein Leben für mich planen, macht mich unglaublich wütend.«

Mein Zorn auf ihn verrauchte. Ich wusste nur zu gut, was er meinte. Und sofort dachte ich an unsere letzte Begegnung zurück. »Warst du deswegen so kurz angebunden? Bei unserem letzten Aufeinandertreffen am Hühnergehege?«

Im ersten Augenblick schien er gar nicht zu wissen, wovon ich sprach. Doch dann nickte er. »Ich entschuldige mich für mein abweisendes Verhalten. Es war bis zu deinem Erscheinen ein ausgesprochen schlechter Tag.

Dabei freue ich mich sonst immer, dich zu sehen. Und sei es nur von weitem.«

Ich stutzte. Das hatte mir wirklich noch keiner gesagt. Und weil ich spürte, wie ich errötete, was mein Mal üblicherweise erst so richtig zum Leuchten brachte, sprach ich schnell weiter. »Was für Pläne deiner Eltern meinst du denn?«

»Na, diese unsägliche Geschichte mit der Lehre beim Schmied«, brach es aus ihm heraus. »Hier, sieh dir doch nur mal meine Arme an. Schau her. Sehe ich aus, als könnte ich einen Schmiedehammer auch nur heben? Ich war noch nie besonders stark und jetzt soll ich allen Ernstes mein ganzes Leben mit einem Hammer in der Hand zubringen und Metall verbiegen? Das kann nur ein schlechter Scherz sein.« Er lehnte sich an die Kirchentür in seinem Rücken und schloss die Augen.

»Aber Adelheid«, bemerkte ich leise und brach ab.

»Ach, Adelheid.« Er stieß verächtlich die Luft aus. »Das ist doch auch nur so eine Idee unserer Mütter. Was habe ich schon mit der stillen und braven Adelheid gemein? Warum sollte ich mit der mein Leben verbringen wollen?« Er öffnete die Augen und sah mich an. »Wo es doch so starke und kluge Frauen wie dich direkt vor meiner Nase gibt.«

Mit einem Mal kehrte das beklemmende Gefühl wieder zu mir zurück. Etwas schnürte mir die Kehle zu, ließ mich kaum atmen. Und nun schoss mir auch noch die Röte mit aller Macht in die Wangen.

»Ich muss heim«, stotterte ich. »Die Ziegen, die Kühe und natürlich die Äpfel brauchen mich.«

Mein Abgang glich einer Flucht. Ich ließ Goswin stehen und rannte über den Kirchhof, rannte die Dorfstraße entlang und wurde erst langsamer als ich den Weg zwischen den Feldern erreicht hatte. Hier löste ich die Schleife meiner neuen Haube, nahm sie ab und schüttelte mein

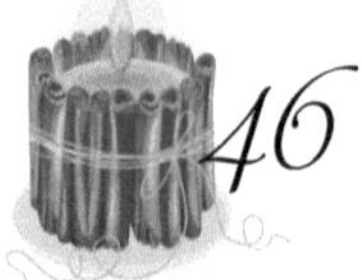

46

langes dunkles Haar. War das gerade wirklich passiert? Hatte Goswin Herkt mir ein Kompliment gemacht?

Kapitel 5

Die folgenden Tage rasten dahin, und ich begriff, dass Hilda mich in der ersten Woche ein wenig geschont hatte. Es gab immer etwas zu tun, und ich lernte von ihr viel über die Versorgung der Tiere und die Obsternte. Mein neues Leben hatte nicht mehr viel mit dem einer behüteten Arzttochter auf dem Dorf zu tun, aber es gefiel mir. Vielleicht abgesehen von der Tatsache, dass ich am Abend oft zu müde war, um noch in einem meiner Bücher oder in einer Zeitung zu blättern. Die Zeitungen waren ein Mitbringsel meines Vaters, der mich gemeinsam mit Flora unregelmäßig besuchte, ein Bier mit mir und Hilda trank und uns von seinen Patienten und dem Alltag im Dorf erzählte, dass ja eigentlich nur einen Fußmarsch entfernt lag und nun trotzdem nicht mehr mein Lebensmittelpunkt war. Ohne ihn und seine Geschichten hätten wir kaum noch mitbekommen, was sich so um uns herum tat.

Von meiner Mutter sprach er nie. Auch Hilda berührte das Thema nicht. Es war, als würde ich absichtlich mit diesem Gefühl alleingelassen, das ganz allmählich in schlechtes Gewissen umschlug. Aber hatte ich denn etwas falsch gemacht? War es nicht vielmehr sie gewesen, die mich verletzt hatte?

Eines Morgens waren sie da. Die Zigeuner. Sie waren über Nacht gekommen und hatte ihre Wagen in Sichtweite unseres Hofes abgestellt. Der Frühnebel hing noch zwischen den Kirschbäumen, als sie bereits in den Ästen und Zweigen herumturnten.

Hilda strahlte mich an: »Habe ich es dir nicht gesagt? Sie sind absolut zuverlässig. Kaum sind die Kirschen reif, da holen sie sie auch schon vom Baum. Komm mit in die Küche und hilf mir, ein Festmahl für uns alle zu kochen.«

Die ganze Kirschenernte glich einem fröhlichen Fest und nur ungern sah ich unsere Helfer wieder abreisen. Doch Hilda beruhigte mich. Zur Apfelernte würden die Zigeuner zurückkehren.

Ebenso zuverlässig wie die Zigeuner erwiesen sich die Gemüsehändler, die zweimal in der Woche, manchmal auch öfter, auf den Hof kamen, um Waren für ihre Kunden in der Stadt einzukaufen. Hilda und ich führten unseren Besuch dann in den stets kühlen und ein wenig dunklen Keller des Bauernhauses, indem alles lagerte, was wir in mühevoller Arbeit aufgezogen und geerntet hatten. Mit ernster Miene wurden Gurken befühlt und in der Hand gewogen, bevor ein erster Preis genannt wurde, den Hilda kategorische ablehnte. Sehr schnell bemerkte ich, dass sie nie vor dem dritten Angebot einschlug. Unsere Waren mussten wirklich sehr beliebt sein, wenn sie so ungeniert den Preis hochtrieb und dabei gelegentlich den Eindruck erweckte, als ob es nicht sie sei, die dieses Geschäft nötig hatte. Das hatten wir natürlich doch, schließlich musste noch immer ein regelmäßiger Abschlag für den Hof geleistet werden. Doch das, so sagte Hilda, sollte besser unser Geheimnis bleiben.

Eines Tages, es war ein Samstagmorgen, lag dann die erste weiße Rose vor unserer Haustür. Ich hob sie auf und drehte sie mit gerunzelter Stirn zwischen den Fingern. Jemand hatte sorgsam alle Dornen entfernt.

Als ich Hilda fragte, was das bedeuten konnte, zuckte sie mit den Schultern und erklärte, dass sie noch niemals auf diesem Wege eine Rose geschenkt bekommen hätte und die Blume somit sicherlich für mich bestimmt sei.

Ich stellte sie in eine Vase und dachte an Goswin.

Seit seinem mutigen Vorstoß waren wir einander nicht mehr begegnet. Meine Kirchenbesuche waren nun doch unregelmäßig geworden und seine schienen es ebenso zu sein. Aber es hatte mich das Gerücht erreicht, dass er

seine Ausbildung beim Schmied noch immer nicht angetreten hatte.

Bald darauf besuchte mich Adelheid, um diese Aussage zu bestätigen.

»Ich weiß nicht, was plötzlich mit ihm los ist.« Ihr hübsches Gesicht hatte einen kläglichen Ausdruck und die Finger ihrer im Schoß liegenden Händen kreisten ruhelos umeinander. »Er spricht kaum noch mit mir, sieht mich nicht mehr an und scheint das Interesse an unserer Zukunft völlig verloren zu haben.« Ihre Lippe zitterte leicht, als sie ergänzte. »Und Rosen bringt er mir auch keine mehr. So wie früher.«

Ich schluckte und blickte auf die Vase, die zwischen uns auf dem Küchentisch stand. Mittlerweile war ihr Inhalt auf vier Rosen angewachsen. Immer wieder fand ich zu den unterschiedlichsten Zeiten weiße Rosen vor meiner Tür.

Als Adelheid mich verließ, hingen Kopf und Schultern gleichermaßen herab und ich verspürte wieder einmal den Anflug eines schlechten Gewissens. Dabei hatte ich doch auch in diesem Falle gar nichts getan, oder?

Die Arbeit wuchs uns trotz aller Mühen immer mal wieder über den Kopf. Längst war es für mich unvorstellbar, dass Theda und Hilda den Hof über längere Zeiträume völlig allein bewirtschaftet hatten. Eines Abends, wir saßen gemeinsam im Kerzenschein in der Stube und mir war wieder einmal das Buch vor Müdigkeit aus der Hand gefallen, sprach ich sie darauf an.

»Ich denke, es wird allerhöchste Zeit für einen Knecht«, schlug ich vor. »Oder eine Magd, ganz wie es uns gefällt. Der Hof wirft genug ab, um ein weiteres Maul zu stopfen. Hilda, wir kippen einen Teil der Ziegenmilch fort, weil uns die Zeit fehlt, sie zu verarbeiten. Das Gleiche gilt für die Eier. Wir haben schon so viele hartgekochte Eier im Vorratsraum, dass wir damit unsere Beete ein-

50

fassen könnten und es werden täglich mehr. Wenn wir eine Person mehr wären, könnten wir die Arbeit rund um den Hof besser verteilen und unsere Möglichkeiten besser nutzen. Wir könnten beispielsweise anfangen, aus der Milch Käse herzustellen und diesen ebenfalls verkaufen.«

»Du kannst Käse herstellen?« Hilda sah mich gespannt an.

»Nein, aber ich kann es lernen«, gab ich zurück. »Es gibt bestimmt ein Buch darüber.«

Hilda lachte und nickte. »Ja, warum nicht? Nehmen wir Käse, Eier und Topfen in unser Angebot mit auf. Ich denke, es wird keine Schwierigkeiten geben, auch diese Waren an den Mann zu bringen.«

»Und die Magd?«, hakte ich nach.

»Die ist genehmigt«, verkündete Hilda vergnügt. »Wen hast du im Sinn?«

»Niemanden«, gab ich zu. »Ich werde schon wissen, wann mir die richtige Person gegenübersteht.«

Und ich wusste es. Es war ein regnerischer Sonntagabend, als ich noch einmal zur Haustür ging, in der Hoffnung dort eine weiße Rose vorzufinden, und stattdessen fast über einen jungen Mann stolperte.

Der Regen tropfte aus seinen rabenschwarzen Haaren und lief ihm über das markante Gesicht. Er war schlank, fast dünn und ein wenig kleiner als ich. Ich schätzte, dass er etwa in meinem Alter sein musste, vielleicht sogar ein oder zwei Jahre jünger. Seine Augen standen ein wenig eng beisammen und seine Nase war etwas zu lang für sein Gesicht. Seine vollen Lippen gaben ihm einen sinnlichen Ausdruck. Ich mochte ihn auf Anhieb, ohne genau zu wissen, warum.

»Guten Abend, ich bin auf der Durchreise und möchte um ein Lager für die Nacht bitten.« Seine Worte hatten einen ungewohnten Klang. Er musste von weither kommen. Jetzt sah ich, dass er erbärmlich fror. Seine Klei-

dung und der Rucksack auf seinem Rücken waren völlig durchweicht. »Ein Platz in der Scheune würde mir genügen und ich habe ein wenig Geld dabei. Ich erbitte nichts umsonst.«

Schon war Hilda neben mir und warf nun ihrerseits einen Blick auf die triefende Gestalt. Ganz direkt fragte sie: »Hast du Hunger?« Und als er nickte, öffnete sie die Tür und ließ den Fremden ein.

Ich warf ihr einen ungläubigen Blick zu. Sicher, wir waren zu zweit und der junge Mann war kleiner als wir, aber einen völlig Fremden einfach ins Haus zu lassen, wäre mir nach Einbruch der Dunkelheit trotzdem nicht in den Sinn gekommen.

Zu meiner Erleichterung schlug Hilda, nachdem der Junge sich gesetzt und das Wasser aus den Haaren gedrückt hatte, einen strengeren Ton an. »Du kannst eine Suppe haben, sie ist noch warm. Schlafen wirst du im Stall, dort gibt es Heu und Stroh in Mengen. Caroline führt dich hin, es sind nur wenige Schritte vom Wohnhaus bis zur Stalltür. Wenn du morgen bei Anbruch des Tages noch hier bist, gehe ich davon aus, dass du uns für unsere Freundlichkeit belohnen willst, sei es in Form von Geld oder Arbeit. Haben wir uns verstanden?«

Hilda, meine Heldin. Ich musste lächeln. Sie wusste immer, was zu tun war und wie man sich zu verhalten hatte. Sie wirkte so selbstsicher, wie sie dastand und auf unseren Besucher herabsah, dass dieser scheu die Augen niederschlug.

Das blieb auch so, während er seine Suppe löffelte. Hilda setzte sich ihm gegenüber an den Tisch und stellte derweil Fragen. Bald wussten wir, dass unser Gast Jakob hieß und irgendwo östlich von hier seine Reise begonnen hatte. Ein Ziel hatte er nicht und was hinter ihm lag, schien ihm egal zu sein.

Hilda musterte prüfend seine zarte Statur und schickte

52

mich los, um ein paar trockene Kleidungsstücke meines Großvaters aus einer Truhe zu holen, damit unser Gast nicht in nassen Sachen schlafen musste. Er bedankte sich fast unterwürfig und schließlich geleitete ich ihn, die Laterne in der Hand, zu den Tieren im Stall, wo er im sauberen Heu seinen Rucksack abstellte und sehr zufrieden aussah.

»Ein schöner Besitz.« Sein Blick glitt über die Holzbalken an der Decke und den steinernen, von mir gefegten Boden.

»Ja«, erwiderte ich und entzündete das Licht einer Öllaterne, die in sicherer Entfernung zum Heu in einem steinernen Trog stand. »Er ist schön und macht viel Arbeit. Du kannst gerne morgen die Erdbeeren pflücken, wenn du aufwachst.«

Er sah mir direkt ins Gesicht und lächelte. »Das mache ich gern.«

Eine innere Stimme mahnte mich, dass es jetzt an der Zeit war, diesen Mann, den ich eigentlich gar nicht kannte, sich selbst zu überlassen und mich zurück zu Hilda zu flüchten. Also wünschte ich ihm hastig Gute-Nacht und ging.

Hilda erwartete mich an der Tür. »Was für einen Eindruck macht der Kerl auf uns?« Sie sah mich fragend an.

»Er ist seltsam«, antwortete ich.

»Warum?«

»Er hat mir ins Gesicht gesehen und nicht wieder weggeschaut. Er hat auch nicht gefragt, ob ich einen Unfall gehabt habe oder was sonst mit meinem Gesicht passiert ist. Er hat mein Mal überhaupt nicht beachtet.«

Hilda seufzte. »Caroline, wann wirst du begreifen, dass dein Aussehen nicht für alle Menschen im Mittelpunkt steht?«

»Nie«, erwiderte ich vehement. »Weil es nämlich so ist.«

»Nun, dieses Mal aber ganz offensichtlich nicht«, wid-

ersprach Hilda und drückte mir einen Kerzenstummel in einem Armleuchter in die Hand. »Geh schlafen. Morgen ist für uns ein neuer langer Tag.«

Ich gehorchte und gleichzeitig auch nicht. Denn ich lag wach auf meinem Bett und dachte an den Mann in unserer Scheune. Wer er wohl war und was er auf seiner Reise erlebt hatte? Und wenn mein Feuermal ihn nicht abstieß, konnte es dann sogar sein, dass ich ihm gefiel? Nein, das war ein alberner Gedanke, den ich gar nicht weiter verfolgen wollte. Und doch blieb mir in dieser Nacht der Schlaf noch lange fern.

Am nächsten Morgen fand ich auf der Türschwelle statt einer weißen Rose einen großen Korb voller reifer Erdbeeren. Und während ich noch verzückt auf die roten Früchte starrte und mich fragte, ob Jakob uns bereits wieder verlassen hatte und seiner Wege gegangen war, spürte ich, dass jemand mich anstarrte. Ich hob den Kopf und sah als erstes die weiße Rose, dicht vor meinem Gesicht. Dann bemerkte ich die Hand, die die Rose hielt.

Ich lächelte. »Hallo Goswin. Bist du dem Versteckspiel leid geworden?«

»Du hast gewusst, dass die Rosen von mir sind?« Er wirkte erfreut und enttäuscht zugleich.

»Ich habe es wohl irgendwie geahnt.« Mein Lächeln erlosch. Mir war eingefallen, was diese Geste für mich und leider auch für einen anderen Menschen bedeuten konnte. »Was ist mit Adelheid? Sie war sich so sicher, dass du sie heiraten würdest.«

Goswin strich sich eine blonde Haarsträhne aus dem Gesicht und sah plötzlich unglücklich aus. »Das habe ich ja auch einmal gedacht, aber in den letzten Monaten habe ich mehr und mehr bemerkt, dass Adelheid und ich uns überhaupt nichts zu sagen haben.« Er seufzte. »Eine Arbeit, die mir in Wahrheit nicht liegt, hätte ich ja noch ertragen, wenn ich nur das Gefühl gehabt hätte,

54

dass Adelheid die Richtige für mich ist. Aber ich bin mir sicher, dass Adelheid und ich gar nicht zusammenpassen. Und das habe ich ihr auch gesagt. Gestern.«

»Und heute stehst du mit einer Rose vor mir und willst …was?«, fragte ich und hielt instinktiv den Atem an.

»Ist das denn nicht offensichtlich?« Er hielt mir die Rose jetzt direkt unter die Nase.

Ich schob sie beiseite. »Goswin, hör mir zu. Woher willst du denn wissen, dass ich nicht ebenso falsch für dich bin wie Adelheid?«

»Das Mädchen, das ihren eigenen Weg geht? Das einfach von einem Tag auf den anderen ihr Elternhaus verlassen hat, um selbst über ihr Leben zu entscheiden? Caroline, du hast mir in den letzten Wochen vorgemacht, wie es geht. Nur war ich bisher zu feige, selbst Entscheidungen zu treffen. Jetzt aber nicht mehr. Ich werde niemals ein Schmied werden und Adelheid gewiss nicht heiraten. Stattdessen stehe ich hier und bitte darum, dich besser kennenlernen zu dürfen.«

Ich zögerte noch einen kurzen Augenblick. Dann nahm ich die Rose und bot Goswin meinen Arm an. »Begleite mich in den Stall. Wir können uns unterhalten, während ich die Tiere versorge. Du darfst mir aber auch helfen, wenn du möchtest.«

Ich verbrachte einige herrliche Stunden zwischen Hühnermist und Schafskötteln, untermalt vom Geplärre der Ziegen. Goswin und ich konnten zusammen lachen, aber auch über ernste Dinge sprechen. Es war fast so, als ob wir uns schon ewig kennen würden, was genau genommen ja auch der Fall war. Als ich ihm um die Mittagszeit herum nachwinkte und zusah, wie er zurück zum Dorf ging, trat Hilda an meine Seite.

»Ein Verehrer? Wie nett. Arme Adelheid.« Sie sah mich nicht an, sondern blickte ebenfalls Goswin nach.

Ich biss mir auf die Lippen und schämte mich ein

55

bisschen. Wie konnte ich glücklich sein, wenn ich damit meine beste Freundin unglücklich machte?

»Ich wollte dir nicht die Laune verderben«, sagte Hilda schnell, die meinen Stimmungsumschwung bemerkte. »Es ist nicht deine Schuld, wenn Goswin sich gegen Adelheid entscheidet.«

Ich wusste, dass das stimmte. Und trotzdem fühlte ich mich schuldig.

»Unser neuer Knecht hat übrigens nicht nur die Erdbeeren gepflückt, sondern auch schon die Bohnen geerntet. Ich denke, wir sollten ihn behalten, solange er bleiben will.«

»Jakob ist noch da?«, rief ich ehrlich erfreut. »Das ist gut.«

»Das ist sogar sehr gut«, pflichtete Hilda mir bei. »Das lässt dir mehr Zeit, die du mit Goswin verbringen kannst.«

56

Kapitel 6

Der Rest des Sommers verging wie im Flug und mit den ersten kühleren Tagen kamen die Zigeuner zurück, um uns bei der Apfelernte zu helfen. Obwohl wir jetzt auch im Alltag eine brauchbare Hilfe hatten, denn Jakob war tatsächlich bei uns geblieben. Er war ein stiller Junge, der jede Arbeit erledigte, die Hilda oder ich ihm auftrugen. Längst schlief er nicht mehr in der Scheune, sondern hatte eine der Kammern im Haus bezogen. Ich hatte zwar zunächst befürchtet, es könnte im Dorf Gerede geben, wenn wir, zwei alleinstehende Frauen, uns einen Mann ins Haus holten, doch Hilda verkündete, dass ihr die Meinung anderer wurscht sei und Jakob ein vernünftiges Bett brauche. Zudem schien Jakob keinerlei Interesse am Dorfleben zu haben, begleitete uns nie in die Kirche, hatte keine Besorgungen zu erledigen und ging ganz in seiner Arbeit auf dem Hof auf. Die Vermutung lag nahe, dass die meisten Menschen im Dorf gar nicht wussten, dass er existierte. Außerdem, so pflegte Hilda zu sagen, war es ja nur noch eine Frage der Zeit, bis der Sandrini-Hof einen neuen Herrn bekommen würde.

Damit behielt sie Recht. Goswin war in den letzten Wochen ein häufiger Gast auf dem Hof gewesen und hatte sich nach und nach in mein Herz geschlichen. Wir, und ganz besonders er, wollten keine Zeit mehr verschwenden und planten eine Hochzeit in aller Stille. Letzteres vor allem Adelheid zuliebe, um sie nicht noch weiter zu kränken. Meine Freundin mied uns beide und wurde, wie es hieß, überhaupt nur noch selten im Dorf gesehen. Goswins Eltern zeigten sich furchtbar enttäuscht über die Entscheidung ihres jüngsten Sohnes, mich anstelle der reizenden Tochter des Schmieds zu ehelichen. Seine Mutter fürchtete, ich könnte ihr entstellte Enkelkinder schenken und hielt damit auch nicht hinter dem Berg. Wäre ich nicht so glücklich über Goswins Liebe zu mir gewesen, dann hätte ich meine Zeit damit verschwendet, die Herkt-Bäuerin für ihre gemeinen Worte zu hassen, aber ich ließ es bleiben.

Härter traf mich die Stille, die noch immer zwischen mir und meiner Mutter herrschte. Bereits einige Male war ich vor meinem Elternhaus auf und ab gegangen, unschlüssig, ob ich hineingehen sollte oder nicht. Ich hatte es nicht über mich gebracht. Und so blieb die Kälte zwischen uns bestehen, der Streit wurde nicht beigelegt.

Unsere Väter waren es schließlich, die ein Einsehen hatten und unsere Hochzeit, wie es sich gehörte, zwischen den Familien verabredeten. So wurden Goswin Herkt und ich noch im September im Hause seiner Familie getraut. Während des festlichen Beisammenseins brachte meine Mutter es fertig, kaum mehr als das Nötigste mit mir zu sprechen. Und als ich es wagte, sie zu umarmen, da sah sie mich so eigenartig an. Ich kannte diesen Blick nur zu gut. Sie sorgte sich um mich, nur konnte ich nicht verstehen, warum sie das tat. Ich war so glücklich wie nie zuvor in meinem ganzen Leben. Und ich hatte keine Ahnung, wie bald sich schon alles ändern würde.

Liesbeth hätte selbst nicht sagen können, warum sie so stur blieb. Ihr war bewusst, dass ihre Worte an jenem verhängnisvollen Abend nach Thedas Begräbnis taktlos gewesen waren, aber trotzdem hatte sie es nicht verdient, von ihrer Tochter hinausgeworfen zu werden. Aus dem eigenen Elternhaus noch dazu.

In den folgenden Wochen hatte sie immer wieder mit sich gerungen, ob es nicht doch an der Zeit war, sich mit dem Mädchen zu versöhnen, doch ein böser Gedanke

hielt sie davon ab. Dieses kleine Stimmchen, das ihr zuflüsterte, dass Caroline schon sehen würde, wie weit sie mit ihrem Dickkopf kam. Gott würde das Kind für sein liebloses Verhalten sicher strafen. Und dann würde sie als gute Mutter selbstverständlich wieder an ihrer Seite sein und ihr großzügig jede Torheit verzeihen, ja, so malte sich Liesbeth die nahe Zukunft aus.

Doch ausgerechnet an Carolines Hochzeitstag spürte sie, dass die Torheit bereits begangen worden war und der Moment, da sie gebraucht werden würde, nahte. Und es tat ihr entsetzlich leid um Caroline, die Goswin so sehr liebte, und die wieder einmal verletzt werden würde.

Liesbeth kannte den Herkt-Jungen nicht besonders gut, doch sie hatte Augen im Kopf. Der Bengel mochte sich ja zum Schein von seiner Adelheid abgewandt haben, aber da steckte mehr dahinter. Warum hatte er sich denn nie für ihre Caroline interessiert, als diese noch keinen eigenen Hof bewirtschaftet hatte? Denn darum ging es ihm doch. Goswin Herkt hatte Grund und Boden geheiratet, weil ihm die Arbeit eines Schmieds nicht zusagte, die für ihn geplante Ausbildung falsch schien. Dafür hatte er eine Ehe mit Caroline, dem Mädchen mit dem feuerroten Mal im Gesicht, in Kauf genommen. Doch Liesbeth war sich sicher, dass es nun nicht lange dauern würde, bis der junge Mann sich zu seinem eigenen Hof auch die Frau leisten würde, die ihm zustand. Und das war in ihren Augen noch immer die schöne Adelheid, das sah doch ein Blinder. Welcher Mann würde schon ihrer Caroline den Vorzug geben, wenn sich ein Mädchen wie Adelheid Baltus in der Nähe aufhielt? Keiner, richtig. Doch diese Befürchtungen konnte Liesbeth nicht äußern, nicht in Carolines Gegenwart. Das Vertrauensverhältnis zwischen ihnen hatte in den letzten Wochen zu großen Schaden genommen. Und so saß Liesbeth mit sorgenvoller Miene im Haus der Herkts und beobachtete

59

zähneknirschend die Trauung ihrer Ältesten. Sie schwieg hartnäckig, auch als Caroline ihr freundlich gegenübertrat und tat, als sei alles vergeben und vergessen. Was blieb ihr nun anderes übrig als abzuwarten? Die Dinge würden ihren Lauf nehmen, da war sie sich sicher. Sie, Liesbeth, musste wachsam bleiben, denn Caroline war es ganz offensichtlich nicht.

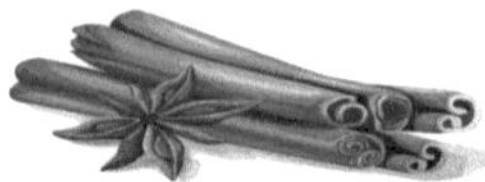

Dreimal war ich jetzt schon neben Goswin aufgewacht. Meinem angetrauten Ehemann, dem hübschesten Burschen des ganzen Dorfes. Und er hatte mich, Caroline, gewollt. Gemeinsam hatten wir jetzt die größte Schlafkammer auf dem Hof bezogen und unsere Betten standen dicht beieinander, so dicht, dass wir einander noch an den Händen halten konnten, wenn wir schon schlafen gegangen waren. Meist wachte ich vor Goswin auf. Wenn er dalag und schlief, betrachtete ich im Licht der aufgehenden Sonne vor dem Fenster seine ebenmäßigen Gesichtszüge und konnte mein Glück kaum fassen. Immer wieder berührte ich ihn sanft, um mich davon zu überzeugen, dass er wirklich da war.

Meist wurde er davon wach, lächelte mit geschlossenen Augen und flüsterte mir zärtliche Worte zu. Und dann kam er zu mir ins Bett und ließ mich fühlen, was es bedeutete, verheiratet zu sein. So fragte ich mich bald, wie lange wohl unser erster Nachwuchs auf sich warten lassen würde.

Auch der heutige Morgen war auf diese Weise verlaufen. Und während Goswin noch einmal in tiefen Schlummer versank, zog ich mich an, bereit, den neuen Tag in Angriff zu nehmen.

Leise verließ ich unsere Kammer, schloss die Tür hinter mir und lauschte. Noch war alles still im Haus, Hilda

schien noch zu schlafen, ich war als Erste auf den Beinen, was in letzter Zeit recht häufig vorgekommen war. Auch Jakob, der nach Goswins Ankunft auf dem Hof wieder zurück in die Scheune gezogen war, schlief sicher noch. Es sei denn, die Hühner hatten ihn geweckt, dann würde er bald mit ein paar Eiern in der Küche erscheinen, sich wortlos an den Tisch setzen und mir zuschauen, wie ich ein Frühstück vorbereitete. Er war eben ein lieber, stiller Kerl, dachte ich, während ich die steile Treppe zur Stube hinunterstieg, immer eine Hand am Geländer. Ich war froh, dass Jakob Goswin nicht als Konkurrenz angesehen, sondern als neuen Herren akzeptiert hatte und geblieben war. Gemeinsam war die Arbeit auf dem Hof jetzt gut zu bewältigen und er warf allemal genug ab, um uns alle zu ernähren und zu kleiden.

Gerade malte ich mir aus, wie es sein würde, wenn nun bald das Getrappel kleiner Füße unseren Alltag bereichern würde, als das Geländer der Treppe unter meiner Hand überraschend nachgab. Holz knackte beängstigend und etwas fiel polternd vor mir die Stufen herab. Fast wäre auch ich gestürzt, doch ich fing mich im letzten Moment und stand mit rudernden, weit ausgebreiteten Armen auf einer der oberen Stufen. Unter mir, am Fuß der Treppe sah ich ein Stück des hölzernen Handlaufs liegen, des herausgebrochen sein musste. Wie war so etwas möglich?

Und plötzlich war Jakob zur Stelle. Er ließ den Korb mit Eiern fallen, sprang die Stufen zu mir herauf und legte einen Arm um mich.

»Geht es dir gut?«, fragte er und schien selbst ein wenig blass um die Nase zu sein.

Gut möglich, dass ich genauso aussah, denn meine Stimme versagte, als ich ihm antworten wollte, und so blieb es bei einem zaghaften Nicken.

Jakob hielt mir den Arm, während er mich die Treppe

hinunter und zum Küchentisch bugsierte. Erst dann wandte er sich dem herausgebrochenen Handlauf zu, der noch immer am unteren Ende der Treppe lag. Misstrauisch betrachtete er das ellenlange Stück Holz.

»Ist der Wurm drin?«, fragte ich beunruhigt. »Bricht jetzt das ganze Haus über unseren Köpfen zusammen?«

Jakob schüttelte langsam den Kopf und versteckte das Bruchstück hinter seinem Rücken. »Ich werde mich darum kümmern«, versprach er und lächelte mich an. »Das ist schnell wieder repariert, du wirst sehen.«

Mit diesen Worten verließ er das Haus, das Stück aus dem Handlauf nahm er mit.

Bald darauf kamen auch Goswin und Hilda die Treppe herunter. Während Goswin eher verwundert auf das Loch im Handlauf blickte, wirkte Hilda misstrauisch und befühlte die Bruchkante länger als nötig, wie ich fand. Als sie sich schließlich neben mich setzte, war sie wortkarg und schien mit den Gedanken irgendwie abwesend zu sein. Immer wieder fragte sie mich, ob es mir denn auch wirklich gut ginge, und erst nachdem ich ihr wiederholt versichert hatte, dass mir nichts geschehen sei, schlug sie ein paar der heilgebliebenen Eier in die Pfanne und begann damit, uns allen ein Frühstück zu richten. Allein der Geruch der gebratenen Eier entspannte mich. Erst jetzt spürte ich die Anspannung als Nachwirkung des Schreckens, der mir in die Glieder gefahren war. Ich atmete tief durch.

»Du hast Glück gehabt«, sagte Goswin und sah mich besorgt an. »Ein Sturz auf dieser steilen Treppe hätte ein böses Ende nehmen können.«

»Hat es aber nicht.« Ich versuchte zuversichtlich zu klingen und rang mir ein Lächeln ab. »Das Haus ist eben alt, da kann so etwas schon einmal passieren. Jakob kümmert sich um das Geländer. Er wird sicherstellen, dass es nicht noch einmal bricht."

»Ja. Das wollen wir hoffen.« Hilda schlug ein weiteres Ei in die Pfanne, so kräftig, dass das Eiweiß spritzte.

Über die Arbeit des Tages vergaß ich mein Erlebnis auf der Treppe und dachte auch nicht mehr daran, als der Abend kam, weil Jakob den maroden Handlauf bereits repariert hatte. Das Bruchstück war von ihm so gut eingepasst worden, dass man fast nichts mehr vom Schaden sehen konnte. Erst am nächsten Morgen, als ich wieder die Treppe hinuntersteigen und dazu die Hand auf das Geländer legen wollte, zögerte ich. Doch dann schalt ich mich selbst ein dummes Ding und schritt zügig hinab. So ein Geländer mochte ja brechen können, aber ganz sicher nicht zweimal an zwei aufeinanderfolgenden Tagen.

Dann kam der Oktoberabend, an dem Hilda und ich krank wurden. Es begann gleich nach dem Abendessen. Eigentlich hatte ich mich an den Kamin setzen und etwas lesen wollen. Goswin, der meine Leidenschaft für Bücher nicht teilte, starrte ins Feuer, einen Bierkrug in der Hand, als ich ein merkwürdiges Ziehen in meinen Eingeweiden verspürte. Es wiederholte sich und eine plötzlich aufkommende Übelkeit ließ mich mein Buch zur Seite legen. Dann trat mir Schweiß auf die Stirn und das Bild Goswins vor dem Kamin verschwamm vor meinen Augen.

Leicht taumelnd kam ich auf die Füße und stürzte ohne ein Wort der Erklärung hinaus. Ich erreichte gerade einmal die Türschwelle, dann erbrach ich mein Abendessen unter heftigem Würgen. Plötzlich war Goswin hinter mir und strich mir über den Rücken. Ich wünschte ihn weit weg. Kein Mann, so fand ich, sollte seiner Gattin beim Erbrechen zusehen.

»Das ist ganz normal, denke ich«, hörte ich ihn flüstern. Seine Stimme klang sanft. »Den Frauen schlägt es auf den Magen, wenn sie guter Hoffnung sind.«

Guter Hoffnung? Ich legte eine Hand auf meinen Bauch. Und auch wenn es theoretisch möglich war, dass ich ein Kind bekam, so war ich mir doch ganz sicher, dass diese Übelkeit damit nichts zu tun haben konnte. Ich war das Älteste von sechs Kindern, außerdem die Tochter eines Arztes und wusste sehr gut, wie sich eine Schwangerschaft ankündigte.

Und wie um meine Worte zu bestätigen, polterte plötzlich im Innern des Hauses jemand die Treppe hinunter schob Goswin aus dem Weg und stürzte an mir vorbei in die Dunkelheit. Es war Hilda, die auch nicht viel weiterkam als ich. Sie erbrach sich über dem abgeernteten Erdbeerfeld.

Mein Vater, der von Goswin eilig herbeigeholt worden war, untersuchte uns beide noch am selben Abend. An seinem Stirnrunzeln erkannte ich, dass ihm nicht gefiel, was er sah, wie er da an meinem Bett stand und auf mich herabblickte.

»Was habt ihr beide denn gegessen?«, wollte er wissen und fühlte meinen Puls.

»Frischen Salat und Grießklöße in heißem Obstsaft«, brachte ich heraus. Meine Stimme klang dünn und zitterte. Noch immer stand mir der Schweiß auf der Stirn und ein hämmernder Kopfschmerz hatte sich zu der Übelkeit gesellt.

»Wer hat den Salat gepflückt?«, wollte mein Vater wissen. »Du etwa?«

Ich schüttelte den Kopf. »Das war Hilda«, murmelte ich und schloss die Augen. Mir war so unsagbar elend zumute.

»Sie muss ein falsches Kraut erwischt haben.« Seine Stimme klang sorgenvoll. »Haben Goswin und dieser Jakob auch von dem Salat gegessen?«

Ich schüttelte den Kopf. Beide Männer hatten wenig Interesse an Salat gezeigt, schon seit dem Tag ihrer

Ankunft auf dem Hof. Während Jakob eine Schwäche für Mehlspeisen hatte, verlangte Goswin oft nach Fleisch oder Fisch. Die gemeinsamen Mahlzeiten waren manchmal eine rechte Gratwanderung zwischen unseren Vorlieben und Abneigungen. Ein Problem, das meine Mutter als nahezu unanständig empfunden hätte. Bei ihr wurde gegessen, was auf den Tisch kam.

»Mutter«, murmelte ich und unterdrückte ein Würgen. Ich fühlte mich so unsagbar elend.

»Ich habe bereits nach ihr geschickt«, hörte ich die Stimme meines Vaters sagen. »Goswin holt sie mit meiner Kutsche ab. Sie wird heute Nacht bei dir und Hilda wachen.«

Meine Mutter wachte weit länger als eine Nacht an meinem Bett. Sie blieb zwei volle Tage und versorgte mich und Hilda liebevoll. Als mir am Morgen des zweiten Tages der boshafte Gedanke kam, dass meine Schwester Getrud vermutlich gerade allein den kinderreichen Gründig-Haushalt stemmen musste, wusste ich, dass ich mich auf dem Weg der Besserung befand.

»Wie geht es Hilda?«, fragte ich meine Mutter, die mir das Gesicht wusch.

»Besser als dir, meine Kleine.« Sie lächelte nicht. »Sie hat alles ausgebrochen, nehme ich an, hat noch mit dem Finger im Hals nachgeholfen, damit auch nichts zurückbleibt. Sie ist klug, die gute Hilda.«

Ich betrachtete meine Mutter genauer und bemerkte die steile Sorgenfalte zwischen ihren Augen. Das bestärkte mich in meiner Vermutung. »Du glaubst an eine Vergiftung, nicht wahr? Und Vater ist ebenfalls dieser Meinung?«

Ihr Schweigen war mir Antwort genug.

»Aber Hilda ist eine so aufmerksame Person«, rief ich aus. »Ich kann nicht glauben, dass sie aus Versehen etwas in den Salat mischt, was da nicht hineingehört.«

»Nein.« Meine Mutter senkte den Blick und sah herab auf ihre Hände, die nervös ein Taschentuch knoteten. »Das glaube ich auch nicht. Es klingt recht unwahrscheinlich, dass ausgerechnet Hilda ein solcher Fehler unterlaufen ist.«

»Wie also ist das Gift in unser Essen gekommen?« überlegte ich laut. Denn im Essen muss es gewesen sein, getrunken haben wir alle aus dem gleichen Krug. Lediglich beim Salat haben die Herren dankend verzichtet.«

Meine Mutter unterbrach meine Überlegungen mit keinem Wort, trug aber auch nichts zu ihnen bei. Ich gewann den Eindruck, dass sie mit ihrer Meinung hinter dem Berg hielt. Und je länger ich selbst über die Sachlage nachdachte, desto mehr war ich ihr dankbar dafür. Denn auch mir dämmerte, dass das Gift absichtlich in unser Essen gekommen sein musste, wenn es nicht doch Hildas Fehler gewesen war.

Ich schloss die Augen und verbat mir die Gedanken, die jetzt in mir aufstiegen. Ich wünschte mir von ganzem Herzen, dass es doch ein Versehen und Hildas Unaufmerksamkeit zuzuschreiben war, dass ich krank im Bett lag. Alles andere wollte ich mir gar nicht ausmalen.

Sie hatte es kommen sehen und wollte es nun doch nicht wahrhaben. Als Liesbeth mitten in der Nacht von Goswin mit dem Wagen ihres Mannes abgeholt worden war, um Caroline beizustehen, hatte sie die ganze Fahrt über gebetet.

Sie hatte ihren Gott angefleht, ihre älteste Tochter vor Schaden zu bewahren, sie nicht zu sich zu nehmen und alles zu tun, um zu verhindern, dass dieser Goswin Herkt bekam, was er wollte.

Immer wieder hatte sie den jungen Mann, der neben ihr

auf dem Bock saß und den Wagen lenkte, von der Seite angestarrt. Wie sehr er doch bemüht war, den besorgten Ehemann zu spielen. Doch Liesbeth glaubte ihm nicht.

Für sie gab es noch immer keinen Zweifel, dass an dieser ganzen Liebesgeschichte etwas faul war. Liebe fiel schließlich nicht einfach vom Himmel. Liebe wie sie sie kannte, wuchs langsam wie eine zarte Pflanze und wechselte auch nicht mitten im Spiel die Akteure aus. Noch immer sah Liesbeth für die Heirat des Herkt-Jungen mit ihrer Caroline nur einen einzigen Grund: Den Sandrini-Hof in die Hände zu bekommen. Und natürlich würde ein junger Mann deswegen nicht auf die Frau verzichten, die er wirklich begehrte. Allerdings war Liesbeth bisher davon ausgegangen, dass ihm eine Affäre mit Adelheid, die ihrer Tochter sicher das Herz gebrochen hätte, für eine Weile genügen würde. Nie war ihr der Gedanke gekommen, dass er so weit gehen würde, ihr Kind zu ermorden.

Wieder sah sie ihn prüfend an. Ein berechnender Mitgiftjäger, ja das konnte er wohl sein, hübsch wie er war. Aber taugte er auch zum Mörder? Liesbeth kamen leise Zweifel.

Plötzliches Erbrechen zweier Personen nach einem gemeinsamen Abendbrot konnten natürlich auch einen ganz harmlosen Grund haben. Und wenn es doch ein heimtückischer Giftanschlag gewesen war? Liesbeth rieb sich die schmerzenden Schläfen und wünschte sich, das Denken einfach mal für eine Weile unterlassen zu können, doch ihre Gedanken kreisten weiter.

Und als sie auf dem ehemaligen Sandrini-Hof, der jetzt, nach Carolines neuem Mann, im Dorf als »neuer Herkt-Hof« bezeichnet wurde, eintraf, sah sie ihre Befürchtungen bestätigt. Sie las es im sorgenvollen Blick ihres Mannes, in den glasigen Augen Hildas und in den schweißnassen Gesichtszügen ihrer Tochter. Am liebsten

67

hätte sie den Herkt-Jungen bei seinem blonden Schopf gepackt, zur Viehtränke geschleppt und dort ersäuft. Doch so einfach lagen die Dinge nicht. Schließlich hatte Liesbeth für ihre ungeheuerliche Behauptung nicht den kleinsten Beweis. Aber die würde sie schon zusammenbringen, so wahr sie Liesbeth war.

Freudig stellte sie fest, dass sich in ihr der Kampfgeist und die Zielstrebigkeit regten, die sie schon fast verloren geglaubt hatte. Das Leben bestand eben doch nicht nur aus dem Stopfen von Strümpfen und einem guten Sonntagsessen. Es bot noch ganz andere Herausforderungen, und sie war entschlossen, diese anzunehmen.

So saß sie stundenlang wachsam am Bett ihrer unter Krämpfen leidenden Tochter, die sich nur langsam erholte und beobachtete genau, was um sie herum geschah. Aber dieser Goswin war klug. Er gab Liesbeth nicht den allerkleinsten Hinweis, spielte den besorgten Ehemann und unternahm in ihrer Gegenwart natürlich auch keinen weiteren Versuch.

Liesbeth wagte kaum, das Zimmer der Kranken auch nur für einen Augenblick zu verlassen, zu groß war die Furcht, sie später tot aufzufinden, vermutlich mit einem Kissen erstickt. Denn dieser Goswin war kein Dummkopf, er würde sich nicht beim Morden erwischen lassen. Liesbeth malte sich seine Argumente aus, wenn Caroline nun doch noch plötzlich versterben sollte: Die Spätfolgen der Vergiftung? Sicher würde er den Tod Carolines als eine späte Reaktion auf das Gift bezeichnen, das noch immer in ihr wütete. Und Albert Gründig würde zwar ahnen, dass dies nicht stimmte, aber es geäbe dafür keine Beweise.

Ja, so konnte Goswin Herkt davonkommen, aber Liesbeth wäre da, um das zu verhindern, würde wie eine Furie um das Leben ihrer Tochter kämpfen, die ahnungslos dort in ihrem Bett lag und die Wahrheit weder sehen

68

noch hören wollte. Und Liesbeth konnte ihr das nicht einmal verdenken.

Kapitel 7

Bald fühlte ich mich wieder kräftig genug, um aufzustehen. Und so wankte ich nach zwei Tagen zum ersten Mal, gestützt von meiner Mutter hinunter in die Stube. Goswin war sehr erleichtert, als er sah, dass es mir besser ging. Er machte fast den Eindruck, als wolle er aus Dankbarkeit zu weinen anfangen.

Hilda, die wirklich bedeutend besser aussah als ich mich fühlte, brachte mir Tee und versicherte mir, dass die getrockneten Blätter auch wirklich und ausschließlich Minze seien. Jakob fehlte am Küchentisch, kümmerte sich vermutlich um das Vieh oder andere wichtige Dinge. Ein besonders geselliger Zeitgenosse war er eben nicht. Meine Mutter behauptete sogar, dass Jakob eine Art Gespenst sein müsse, weil sie ihn nie zu Gesicht bekam.

Immer wieder ruhte ihr sorgenvoller Blick an diesem Morgen auf mir, und sie machte keine Anstalten, wieder nach Hause zurückzukehren. Auch dann nicht, als ich ein wenig heuchlerisch die arme Getrud bedauerte, die jetzt all unsere jüngeren Geschwister versorgen musste.

»Das kann ihr nicht schaden«, erwiderte sie und warf einen grimmigen Blick auf Goswin. »Dann lernt sie bei dieser Gelegenheit ein paar Dinge fürs Leben. Zum Beispiel, dass eine Ehe nicht nur Glück und Liebe bedeutet, sondern auch Kinder, Haushalt und Arbeit. Und Verantwortung, natürlich. Jede Menge Verantwortung.« Noch immer sah sie meinen Mann finster an, was diesen zunehmend beunruhigte.

Während mich das seltsame Gefühl beschlich, dass ich nicht alles verstand, was die Worte meiner Mutter beinhalten sollten, sah ich Hilda bedächtig nicken.

Überhaupt schien zwischen den beiden Freundinnen, die sie schon lange vor meiner Geburt gewesen waren,

ein Einvernehmen zu herrschen wie schon seit Jahren nicht mehr. Genau genommen seit dem Zeitpunkt, als meine Mutter damit begonnen hatte, ihre Liebe zum Herrgott zu übertreiben. Das war ein neuer Wesenszug an ihr gewesen, den Hilda nie ganz verstanden hatte, das wusste ich von ihr selbst. Doch heute wirkten sie auf mich wie zwei Verschwörer und es ärgerte mich, dass ich nicht Teil ihres Bundes war. Warum wurde ich von ihnen ausgeschlossen? Und womit hatte ausgerechnet Goswin die scharfen Blicke verdient, die meine Mutter ihm immer wieder zuwarf? Hatte er sich etwas zuschulden kommen lassen? Verdächtigte sie ihn, mir übel mitgespielt zu haben? Nein, das durfte einfach nicht wahr sein. Lieber wollte ich glauben, dass es Hilda oder meinethalben sogar Jakob gewesen war, aber nicht Goswin. Von allen denkbaren Möglichkeiten war dies die schlimmste.

Am nächsten Tag fühlte ich mich nahezu komplett wiederhergestellt und schließlich fuhr meine Mutter widerstrebend ab. Mein Vater hatte sie geholt, der sich bei seiner Ankunft wortreich darüber beschwerte, wie sehr sein eigener Haushalt unter Getruds Führung nach und nach verlotterte. Also gab meine Mutter nach und kehrte heim. Noch auf dem Kutschbock drehte sie sich zu mir um, sah mich an, öffnete den Mund und schloss ihn wieder. Was immer sie mir sagen wollte, sie hatte es sich verkniffen. Nachdenklich blieb ich zurück, sah meine Eltern entschwinden und konnte nicht anders, als wieder darüber nachzugrübeln, was um mich herum vorging.

Später am Tag spazierte ich durch den Gemüsegarten nahe dem Haus, wo die letzten Pflanzen der aufkommenden Oktoberkühle trotzten. Nachdenklich betrachtete ich den Feldsalat, wie er da unschuldig aus der Erde schaute. Was konnte Hilda und mich krank gemacht haben? Wucherte etwas zwischen den grünen Blättern, das dort nicht hingehörte?

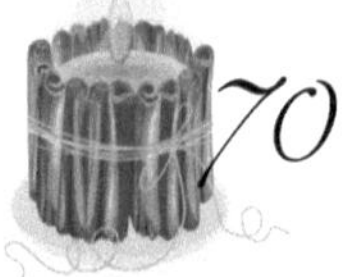

Ich bückte mich und untersuchte gewissenhaft jede einzelne Pflanze, fand im Salatbeet aber nichts außer Salat. Ganz so wie es sein sollte. Doch als ich meinen Rundgang fortsetzte, erreichte ich einen der letzten Winkel des Gartens, in dem dicht an der Hausmauer der Seidelbast wuchs. Ein paar letzte rote Beeren hingen noch nahe des Stammes, dessen Färbung mir heute seltsam erschien. Er war zu hell.

War die Rinde etwa geschält worden? Aber wozu?

Natürlich wusste ich aus den Büchern meines Vaters, dass die Rinde des Seidelbastes schon seit Jahrhunderten als Brechmittel zum Einsatz kam. Aber mit Seidelbast zu hantieren, war für Ungeübte ein schwieriges, ja lebensgefährliches Unterfangen, denn Teile der Pflanze konnten auch ausgesprochen tödlich sein.

Und dann, ganz plötzlich, fielen mir weitere Details ein, die ich in den Büchern meines Vaters über den Seidelbast gelernt hatte. Dass er neben Erbrechen und Krämpfen auch für Durchfall und Kopfschmerzen sorgte. Mir waren meine hämmernden Schmerzen in den Schläfen noch sehr gut in Erinnerung. Konnte es sein, dass uns jemand Rinde, oder schlimmer noch, Beeren des Seidelbastes in den Salat gemischt hatte? Jemand, der nicht genug darüber wusste, aber eben doch genug, um davon ausgehen zu können, damit eine Wirkung bei Hilda und mir zu erzeugen? Noch einmal betrachtete ich den beschädigten Seidelbast und gestand mir ein, dass ich die Anzeichen nicht länger ignorieren konnte. Ich musste mich den Tatsachen und der entscheidenden Frage stellen: Wer hätte einen Grund, mir, Hilda oder uns beiden zu schaden?

Eine kalte Hand schien nach meinem Herzen zu greifen. Mir kam mein Beinahe-Unfall auf der Treppe wieder in den Sinn. War das der erste Versuch gewesen, mich wortwörtlich zu Fall zu bringen? Mich oder jemand an-

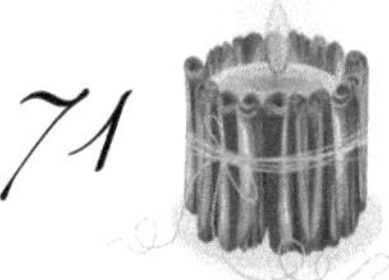

ders, der die Treppe am Morgen herunterkam? Und rechnete man nun Hildas und meine sonderbare Krankheit hinzu, konnte das Ergebnis nicht länger ignoriert werden: Jemand trieb hier sein Unwesen. War es ein Fremder, der bisher unbemerkt geblieben war? Oder war es tatsächlich einer von uns? Da ich mich selbst ausschließen konnte, blieben nur die Menschen, die ich liebte und von denen ich dachte, dass auch sie mich liebten: Hilda, Jakob und …

Ich wollte nicht weiterdenken, griff mir an den Kopf und spürte erneut eine starke Übelkeit aufsteigen. Doch ich zwang mich, ruhig zu atmen. Das alles musste gar nichts bedeuten. Ich erschuf hier nur ein Konstrukt kruder Gedanken, die auf nichts als Zufällen basierten. Und selbst wenn ich richtig lag, so konnte der Täter doch noch immer ein Fremder gewesen sein, der sich heimlich Zutritt zum Haus verschafft hatte, oder? Aber brauchte eine solche Tat nicht einen guten Grund? Was für ein Interesse konnte ein Fremder an meinem Tod haben?

Kaum dass Liesbeth wieder in ihrem Zuhause eingetroffen war, verließ sie es auch schon wieder. Sehr zum Leidwesen ihrer Tochter Gertrud, die einen recht verzweifelten Eindruck machte, wie sie da versuchte, den Boden zu schrubben, während die kleine Flora den Eimer als Waschzuber benutzen wollte und der noch kleinere Carl auf dem Rücken ihrer Zweitältesten saß.

Doch Liesbeth hatte jetzt keine Zeit für solche Kindereien. Sie fühlte, dass die Situation auf dem ehemaligen Sandrini-Hof sich weiter zuspitzen würde und musste dringend Klarheit haben. So machte sie sich auf zur Schmiede, wo sie das Familienoberhaupt antraf, als er gerade ein Pferd beschlug. Der Schmied sah nicht auf, als

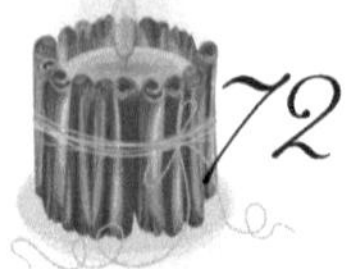

sie sich ihm näherte, blieb ganz auf seine Arbeit konzentriert. Er war ein Mann wie ein Bär, dessen Haupthaar sich langsam zu lichten begann. Liesbeth zögerte nur kurz, ihn anzusprechen.

Dann machte sie sich noch einmal die Dringlichkeit ihres Anliegens bewusst und sagte: »Hallo Michel. Ich hätte gern ein paar Worte mit Adelheid gewechselt. Ist sie daheim?«

»Sie ist neuerdings immer daheim.« Die Stimme des Mannes klang unwillig und seine Hammerschläge wurden härter. »Seit ein gewisser Goswin Herkt seine Pläne geändert hat, ist sie eigentlich kaum aus dem Haus gegangen. Und wenn ich mich nicht sehr irre, handelt es sich bei jenem Mann jetzt um deinen Schwiegersohn, nicht wahr? Wie macht er sich denn?«

»Ich komme nicht wegen des Herkt-Jungen, es geht um Caroline, meine Tochter. Und um deine Adelheid geht es mir ebenfalls«, erwiderte Liesbeth und versuchte streng und unnachgiebig zu klingen. Ein Tonfall, den sie sich extra für ihre lebhafte Kinderschar angeeignet hatte. »Ob Adelheid wohl ein paar Augenblicke Zeit für mich opfern könnte?«

Endlich ließ der Schmied den Huf des geduldig wartenden Pferdes los und sah sie an. »Eine verfahrene Situation ist das. Unsere beiden Töchter waren einander so gute Freundinnen. Und ein einziger dummer Junge zerstört dies alles im Handumdrehen.« Liesbeth erwiderte nichts und sah Michel Baltus nur ernst an. Dieser gab sich geschlagen. »Gut, ich werde Adelheid herausbitten, damit du mit ihr sprechen kannst. Vielleicht sind die Scherben der Freundschaft ja doch noch zu kitten.«

Liesbeth wartete eine ganze Weile vor dem Haus des Schmieds, wartete genauso geduldig wie das unzureichend beschlagene Pferd neben ihr. Sie glaubte schon nicht mehr daran, dass Adelheid sich blicken lassen

73

würde, als die Tür sich öffnete und ein hellblondes, zartes Mädchen mit unendlich traurigen Augen auf der Schwelle erschien. Adelheid.

Wenn man das Kind so ansah, konnte man den Eindruck gewinnen, dass sie über den Verlust ihres Geliebten noch immer nicht hinweggekommen war. Doch Liesbeth hielt es durchaus für möglich, dass in der Tochter des Schmieds eine begabte Schauspielerin steckte. Immerhin war es denkbar, dass auch Adelheid Teil einer Verschwörung war. Sie musste vorsichtig sein.

»Adelheid«, sie sprach sanft und leise. »Wärest du so nett, ein paar Schritte mit mir gemeinsam zu gehen? Es spricht sich so gut, wenn die Beine in Bewegung sind, findest du nicht?«

Adelheid nickte, zog die Tür ins Schloss und trat an Liesbeths Seite. Mit gesenktem Kopf wanderte das Mädchen mit ihr die Dorfstraße entlang und schlug den Weg zu einer kleinen Gasse ein, die sie beide zu einem Fischteich bringen würde.

Liesbeth ließ sich Zeit.

Schließlich begann sie das Gespräch mit den Worten: »Du bist sicher sehr wütend auf Caroline, nicht wahr?«

Adelheid schüttelte den noch immer gesenkten Kopf. »Nein, so etwas passiert eben. Ich bin froh darüber, dass Goswin seinen Fehler noch rechtzeitig bemerkt hat. Ihm gegenüber verspüre ich allerdings schon einen leichten Groll. Wie konnte er mich glauben lassen, dass er mich heiraten wollte, wenn er mich doch in Wahrheit gar nicht liebte? Das ist niederträchtig.«

Liesbeth dachte, dass dies genau dem entsprach, was auch sie dem Herkt-Jungen in Bezug auf Caroline unterstellte und nickte. »Ich kann deine Gefühle gut verstehen. Aber wäre es nicht an der Zeit, den beiden in die Augen zu blicken und einen neuen Anfang zu machen? Ihr wart doch einmal alle einander herzlich zugetan.«

 74

Jetzt hob Adelheid den Kopf. Der Blick ihrer blauen Augen war voller Schmerz. »Hat Caroline Sie hergeschickt? Dann richten Sie ihr aus, dass sie Geduld mit mir haben muss. Ich kann das jetzt noch nicht. Ich weiß, es klingt furchtbar, aber ich könnte ihr Glück nicht ertragen.«

Liesbeth begann sich zu fragen, ob Adelheid eine wirklich begnadete Schauspielerin war oder schlichtweg die Wahrheit sprach. Sie gab die Verschmähte so überzeugend, dass in Liesbeth erstmals Zweifel an ihrer Theorie kamen. Konnte es denn sein, dass der Herkt-Junge seine heimliche Liebe nicht in seine Pläne eingeweiht hatte? Dass sie gar nicht wusste, welches gemeine, wie sich jetzt zeigte, tödliche Spiel gerade mit Caroline getrieben wurde?

»Aber Goswin wirst du doch in den letzten Wochen wenigstens gesprochen haben, oder?«, hakte Liesbeth nach. »Ihr wart schließlich einander so gut wie versprochen, das vergeht doch nicht einfach wie ein Duft. Selbst wenn seine Gefühle für dich nicht so stark waren wie anfangs angenommen, so besteht doch wohl ein Gesprächsbedarf zwischen euch.«

Adelheid nickte zögerlich. »Er kam vor einigen Tagen hierher und sagte, er hätte das Gefühl, etwas wieder gutmachen zu müssen. Ich habe ihn abgewiesen. Mit den gleichen Worten, die ich auch Ihnen für die beiden mitgebe: Es ist zu früh. Es tut mir immer noch weh, auch nur an die beiden zu denken, ich will ihr Glück nicht ertragen müssen.«

»Aber ein Unglück wünscht du ihnen auch nicht?« Liesbeth stellte diese Frage sehr leise und beobachtete sehr genau, wie Adelheid reagierte.

Die junge Frau schien verstört. »Ein Unglück? Aber nein. Ich bin weder niederträchtig noch grausam, das liegt mir fern. Ich möchte nur in Ruhe gelassen werden,

bis ich mich wieder stark genug fühle, um ihnen in die Augen zu blicken.«

Liesbeth erwiderte darauf nichts. Sie sah die junge Frau von engelsgleicher Schönheit nur lange prüfend an. Dann gab sie auf. Hier würde sie nichts über Goswin und seine Pläne erfahren. Entweder war seine verflossene Liebe wirklich vollkommen ahnungslos oder sie verstand es vortrefflich, diesen Anschein zu erwecken. Liesbeth verabschiedete sich und ging davon. Wo sollte sie jetzt weitermachen? Denn weitermachen musste sie. Schließlich ging es um das Leben ihrer Tochter.

An diesem Abend ging ich früh und allein zu Bett. Noch immer spürte ich, wie sehr mich die vergangenen Tage geschwächt hatten. So wünschte ich allen, die in nach dem Abendbrot noch in der Stube beisammen saßen, Hilda, Jacob und meinem Goswin eine Gute Nacht und stieg die steile Treppe zu den Kammern hinauf. Doch als ich auf meinem Bett lag, fand ich keine Ruhe. Immerzu kreisten meine Gedanken um die seltsamen Vorkommnisse und begaben sich in Abgründe meiner Vorstellungskraft, die ich gar nicht erkunden wollte. Als ich gerade die Hoffnung auf Schlaf begraben und eine Kerze entzündet hatte, um noch ein wenig zu lesen, klopfte es leise an meiner Tür.

Das konnte nicht Goswin sein. Was die Benimmregeln anging, hatte mein Mann sie nicht gerade im Überfluss mit in die Ehe gebracht. Wenn er eintreten wollte, tat er es. Anklopfen vergaß er üblicherweise.

Noch bevor ich meinen nächtlichen Besucher hereinbitten konnte, öffnete sich die Tür und Hilda huschte zu mir herein. Ich bemerkte, wie sie sich noch einmal umsah, bevor sie die Tür schloss. Gerade so als wolle sie sich

vergewissern, dass ihr niemand folgte.

»Was gibt es denn?«, wollte ich wissen und richtete mich kerzengerade im Bett auf.

»Das würde ich auch gern wissen.« Hilda flüsterte und strich sich das lange offene Haar nervös aus dem Gesicht. »Was geht hier vor? Was denkst du?«

Ich sah sie ratlos an und schwieg.

»Jetzt spiel nicht die Ahnungslose.« Hilda klang plötzlich ärgerlich. »Ich habe dich von einem der Küchenfenster aus beobachtet, wie du durch den Garten spaziert bist. Du hast zunächst den Feldsalat kontrolliert. Das habe ich auch bereits getan. Vor der Zubereitung des Salats und auch danach. Caroline, ich schwöre dir, dass ich keinen Fehler gemacht habe. Ich ernte jetzt schon seit vielen Jahren täglich Gemüse, ich kenne mich aus. Mir kommt kein falsches Kräutlein auf den Tisch oder in die Verkaufsware.«

Ich nickte bedächtig, schwieg aber noch immer. Ich wollte hören, was Hilda zu sagen hatte, bevor ich den schlimmsten aller Gedanken zum ersten Mal laut aussprach.

»Und dann hast du den Seidelbast entdeckt, der irgendwie zerrupft und ein wenig geschoren wirkt, ich kann es nicht anders beschreiben. Und weil du ja nicht auf den Kopf gefallen bist, genau wie ich, wirst du unsere Symptome der letzten Tage mit dem was du sahst abgeglichen haben.«

»Der Seidelbast kann auf viele Arten zu Schaden gekommen sein«, behauptete ich. »Vielleicht ist der Ast eines hohen Baumes auf ihn gestürzt und hat ihn beschädigt.«

Hilda sah mich zweifelnd an. »Und wo ist dieser Ast dann geblieben?«

»Jemand hat ihn hinterher beiseite geschafft. Es könnte doch sein, oder?« Noch immer wehrte ich mich gegen die

Erkenntnis, dass Hilda tatsächlich die gleichen Gedanken gekommen waren wie mir. Zu entsetzlich war ihre Bedeutung.

Hilda sah zur geschlossenen Tür, als wollte sie sich vergewissern, dass wir noch immer allein waren. »Ich würde das ja wirklich gern glauben, aber im Zusammenhang mit deinem Beinahe-Sturz vor ein paar Tagen, drängt sich doch ein anderes Bild auf. Caroline, wir müssen vorsichtig sein. Ganz besonders du.«

Ich schüttelte heftig den Kopf und ein Zittern überfiel mich. »Das Ereignis auf der Treppe war nichts weiter als ein Unglück. Das Geländer ist eben alt. Da kann so etwas schon einmal passieren.«

»Das Geländer ist angesägt worden.« Hilda sah mir direkt in die Augen. »Ich wollte an dem Tage nichts sagen, weil ich nicht wusste, was ich davon zu halten hatte, aber ich bin mir völlig sicher. Ich habe den geborstenen Handlauf abgetastet. So bricht kein Holz. Jemand hat sich daran zu schaffen gemacht, um einer Person zu schaden, die diese Treppe täglich benutzt. Da kommen zunächst einmal ich, du und auch Goswin infrage. Jakob scheidet aus, denn der schläft ja derzeit lieber in der Scheune. Und anscheinend tut er gut daran. Hier ist es nicht mehr sicher.«

Ich erinnerte mich plötzlich daran, mit welch ernster Miene Jakob das Bruchstück des Geländers begutachtet und dann vor meinen Blicken verborgen hatte. Auch ihm musste die Schnittstelle aufgefallen sein. Doch auch er hatte, genau wie Hilda in jenem Moment geschwiegen, weil die Bedeutung ihm nicht klar gewesen war. »Du meinst also, dass irgendjemand es auf einen von uns dreien abgesehen hatte, stellte ich fest.«

Hildas Blick wurde mitleidig. »Einen von uns zweien, Caroline. Denn dass Goswin, seit er hier, ist kein einziges Salatblatt angerührt hat, ist kein Geheimnis. Er war also

unmöglich das Ziel des letzten Anschlags.«

»Aber wer sollte dich oder mich umbringen wollen?« Jetzt waren die Worte heraus und ich konnte sie nicht zurückholen.

»Muss ich dir das wirklich erklären? Oder kommt der derzeitigen Besitzerin dieses Hofes vielleicht von selbst der Gedanke, wer von ihrem Ableben profitieren würde?«

Die Tränen schossen mir in die Augen und ich ließ sie laufen. Goswin, mein Ehemann, wäre alleiniger Besitzer von alledem hier, wenn ich sterben würde. Goswin, mein schöner, liebevoller Goswin, dessen Liebe zu mir ich so gern geglaubt hatte. Aber so etwas war natürlich zu schön, um wahr zu sein. Denn ich war ja nur die hässliche Caroline. Und mein einziger Pluspunkt war mein Erbe gewesen, das hatte mich zu einer guten Partie gemacht.

»Hör auf zu heulen, Kleine.« Hilda drückte mich kurz und fest und sah mich dann ernst an. »Das hilft uns jetzt nicht weiter.«

»Aber was sollen wir denn tun?«, flüsterte ich. »Er ist doch jetzt mein Mann.«

»Am liebsten würde ich ihm ehrlich gesagt zuvorkommen«, erklärte Hilda grimmig. »Aber noch besser ist es, ihn auf frischer Tat zu ertappen und dann wegsperren zu lassen. Und am allerwichtigsten ist, dass du seinen nächsten Mordversuch überlebst. Denn dass er nicht aufhören wird, ist uns beiden ja wohl klar, oder?«

Ein Weinkrampf schüttelte mich. Meine Liebe, mein ganzes Leben lag in Trümmern. Und darüber hinaus befand ich mich auch noch in Lebensgefahr. Hilda hatte mit jedem ihrer Worte Recht, was sollte ich es noch länger leugnen? Ich war auf einen Mitgiftjäger hereingefallen, der mich jetzt beseitigen wollte.

»Reiß dich zusammen«, fauchte Hilda leise. »Soll er etwa sehen, dass du geweint hast, wenn er zu dir kommt?«

»Das darf er nicht«, flüsterte ich erschrocken. »Er

darf heute nicht neben mir liegen. Was sollte ihn davon abhalten mich des Nachts einfach mit einem Kissen zu ersticken? Du musst ihn von mir fernhalten, Hilda. Sag ihm, dass es mir wieder schlechter geht. Dass du heute Nacht bei mir wachen wirst, um mich zu versorgen. Er wird es einsehen, wenn du ihm begreiflich machst, dass er für den morgigen Arbeitstag ausgeruht sein muss. Er kann ja in der ehemaligen Kammer meines Onkels Clemens schlafen. Dort steht noch immer ein Bett.«

Hilda überlegte einen Moment. Dann nickte sie. »Das ist eine gute Lösung. Zumindest für die heutige Nacht sollten wir damit durchkommen. Danach müssen wir weitersehen.«

Kapitel 8

Als ich nach einer schlechten Nacht, in der ich unaufhörlich träumte, durch Kornfelder zu rennen, wobei ich von einem Unsichtbaren verfolgt wurde, erwachte, war Hilda fort.

Da die Sonne bereits zum Fenster hereinsah, dachte ich mir nichts dabei und vermutete, dass sie sich bereits um ein Frühstück kümmerte. Mein Appetit war mir zwar in den letzten Stunden nachhaltig abhandengekommen, aber ich raffte mich trotzdem auf und verließ die Schlafkammer. Noch oben auf dem Treppenabsatz bemerkte ich, dass etwas nicht stimmen konnte. Es lag keinerlei Duft in der Luft. Nicht nach gebratenen Eiern, und auch nicht nach Brei. Und es herrschte eine beängstigende Stille im ganzen Haus.

Ich schritt die Treppe hinunter und entdeckte Goswin, der ein wenig ratlos herumstand und in leere Töpfe blickte. Als er mich sah, ging ein Strahlen über sein Gesicht.

»Gut siehst du aus«, rief er. »Geht es dir wieder besser? Weißt du, ich hätte mich genauso gut um dich kümmern können wie deine Tante. Es macht mir nichts aus.«

Sein Blick und seine Worte waren gleichermaßen arglos. Hier im Sonnenlicht allein mit ihm kam es mir absolut unglaublich vor, dass er mir etwas antun wollte. Ich wäre gern leichtsinnig gewesen und hätte mich in seine Arme geworfen, damit er mich einfach festhalten konnte. Doch ich tat es nicht. Stattdessen stellte ich die Frage, die mich gerade am meisten bewegte.

»Wo ist Hilda?«

Goswin zuckte mit den Schultern. »Wenn du das nicht weißt, woher soll ich es wissen? War sie denn nicht die Nacht über bei dir?«

»Schon, aber sie ist gegangen, bevor ich aufgewacht

bin.« Auch ich blickte in sorgfältig geschrubbte Pfannen und Töpfe und beäugte misstrauisch den kalten Ofen. »Offensichtlich stand ihr der Sinn nicht nach Hausarbeit. Ob sie im Garten ist? Oder im Stall?«

In diesem Moment kam Jakob pfeifend zur Tür herein und verstummte jäh als er mich und Goswin entdeckte. Statt einer Begrüßung fragte er nur: »Kein Frühstück heute?«

»Wir vermissen Hilda«, klärte ich ihn auf. »Hast du sie im Stall oder im Garten gesehen?«

Jakob schüttelte den Kopf. »Soll ich uns ein Frühstück zubereiten? Ich mache eine recht ordentliche Biersuppe mit viel Obers.«

Bei dem Gedanken an Biersuppe zum Frühstück schüttelte es mich leicht und ich lehnte dankend ab, auch wenn ich nicht einmal wusste, was Obers sein sollte. Stattdessen machte ich mich auf die Suche nach Hilda. Doch sie blieb verschwunden. Weder im Garten noch auf den Obstbaumwiesen und auch im Stall fand ich eine Spur von ihr. Schließlich war es Goswin, der mir einredete, dass Hilda vielleicht schon in aller Frühe aufgebrochen war, um Besorgungen zu machen. Vermutlich vertrieb sie sich gerade irgendwo im Dorf die Zeit.

Ich hatte meine Schwierigkeiten mit dieser Erklärung. Nach unserem Gespräch in der letzten Nacht konnte ich mir einfach nicht vorstellen, dass Hilda mich alleinließ, um Besorgungen zu machen. So suchte ich, unter dem Vorwand in Haus und Garten etwas Ordnung machen zu wollen, weiter. Doch so sehr ich auch Ausschau hielt, Hilda blieb unauffindbar.

Nach einer Weile verstärkte sich meine Unruhe. Ich überlegte, ob Hilda vielleicht davongelaufen sein konnte. Schließlich vermutete sie einen Mörder unter unserem Dach, da konnte man es schon mit der Angst bekommen. Doch dann schalt ich mich eine Närrin. Die tap-

fere und mutige Hilda wäre niemals einfach davongerannt und hätte mich im Stich gelassen. Vielleicht holte sie Hilfe oder heckte einen Plan aus, um mich vor weiteren Angriffen zu schützen. Vielleicht suchte sie nach Beweisen, die meinen Mann in den Kerker bringen würden. Ich wusste es nicht. Doch je mehr Zeit verstrich, desto unwahrscheinlicher erschienen mir all diese Ideen. Hilda hätte mich nicht so lange allein gelassen, das war die Wahrheit. Irgendetwas stimmte nicht.

Jakob brachte die Dinge ins Rollen, indem er ein weiteres Mal darauf hinwies, dass er großen Hunger hatte und eine Biersuppe uns allen guttun würde. Mir war inzwischen völlig egal, was auf den Tisch kam und so erklärte ich mich bereit, in den Keller zu gehen, um das Bier zu holen. Und dort unten, am Fuße der Treppe neben einer erloschenen Kerze, fand ich sie. Hilda lag mit verdrehten Gliedmaßen und dem Gesicht nach unten auf dem steinernen Boden und rührte sich nicht.

Tot, dachte ich und sank neben ihr auf die Knie. Meine Freundin, meine Tante, meine Gefährtin der letzten Wochen war tot.

Ich rief nicht um Hilfe, ich schrie auch nicht laut herum. Ich saß nur still da und tastete nach ihrer Hand, die sie hatte schützend über mich halten wollen. Jetzt war es dafür zu spät.

Doch als ich die kräftigen Finger drückte, bemerkte ich, dass sie warm waren, nicht kalt und wächsern wie ich es von Toten kannte. Mein Herz begann aufgeregt zu schlagen und als jetzt ein leises Stöhnen über ihre Lippen kam, machte es vor Freude einen Satz.

»Goswin! Jakob! Hilda ist hier unten!«, schrie ich so laut ich konnte. »Lauft und holt meinen Vater! Sie ist verletzt!«

Polternde Schritte und das zuckende Licht einer Kerze kündigten Hilfe an. Es war Jakob, der zu uns herabgeeilt kam und aufgeregt rief: »Goswin ist schon auf dem

Weg ins Dorf. Er rennt wie der Teufel. Wir sollten uns wirklich eine eigene Kutsche anschaffen, dann käme die Hilfe jetzt schneller.« Er sank auch auf die Knie und warf mir einen fragenden Blick zu. »Du bist die Arzttochter, sag mir, was wir tun sollen? Wollen wir versuchen, sie umzudrehen?«

Oft hatte ich meinen Vater sagen hören, dass es nicht immer ratsam war, einen Verunglückten zu bewegen, weil das die gebrochenen Knochen in einer Art und Weise bewegen konnte, die noch schlimmere und für das Auge unsichtbare Verletzungen verursachen konnte. Ich zögerte. Doch dann traf ich eine Entscheidung.

»Wir müssen ganz vorsichtig sein und sehr langsam.« Ich sah Jakob eindringlich an. »Wenn sie schreit oder auch nur das Gesicht verzieht, halten wir sofort inne.«

Jakob nickte. Selbst im Schein der Kerze war er kreidebleich. Sah so ein Mörder aus? Konnte Jakob derjenige sein, den ich fürchten musste? Aber wie sollte er von dem Tod eines anderen auf dem Hof profitieren? Es hätte ihn nur Lohn und Brot gekostet.

Ich konnte und wollte jetzt nicht darüber nachdenken, doch derartige Überlegungen drängten sich mir regelrecht auf. War Hilda gestolpert oder wurde sie gestoßen? War sie überhaupt das Ziel des Angriffs gewesen? Oder hatte auch dies hier mir gegolten? Oder war es etwa immer nur um Hilda gegangen?

Meine Gedanken schwirrten wie Bienen in ihrem Stock, meine Hände zitterten vor Angst um Hilda. Und so war es nicht verwunderlich, dass ich Jakob wütend anfuhr, als Hilda tatsächlich plötzlich einen Schmerzenslaut ausstieß.

»Pass auf, dass du ihr nicht weh tust oder ist es etwa das, was du willst?«

Jakob entschuldigte sich wortreich, warf mir aber einen seltsamen Blick zu. Meine Frage hatte ihn irritiert. Nein,

84

Jakob hatte mein Misstrauen am allerwenigsten verdient.

Hilda wimmerte leise, als wir sie endlich in eine halbwegs bequem aussehende Rückenlage gebracht hatten. Abgesehen von ein paar Schrammen auf der Stirn war ihr Gesicht unverletzt. Allerdings konnte man das nicht von ihrem rechten Arm und dem rechten Unterschenkel behaupten, die noch immer einen seltsam verdrehten Eindruck auf mich machten.

»Halte durch«, flüsterte ich ihr zu. »Papa ist auf dem Weg hierher.« Dann wies ich Jakob an, ihr einen Becher Wasser zu besorgen, woraufhin er folgsam aufstand und den Keller verließ. Das war meine Gelegenheit und ich musste sie nutzen.

Ich brachte meinen Mund ganz dicht an Hildas Ohr und flüsterte: »Was ist passiert?«

Doch Hilda wimmerte nur leise weiter.

»Hast du gesehen, wer dich zu Fall gebracht hat?«, flüsterte ich erneut.

Doch es war zwecklos, Hilda war nicht in der Verfassung mir zu antworten, und das änderte sich auch nicht, als endlich mein Vater in dem kühlen Vorratskeller erschien, seine Arzttasche fest vor den Bauch gepresst. Mit einem Blick erkannte er den Ernst der Lage.

»Caroline« er sah mich streng an. »Traust du dir zu, mir beim Richten ihrer Knochen zu helfen?«

Ich schluckte und vergaß meine alberne Angst vor einem Mörder. Dann nickte ich.

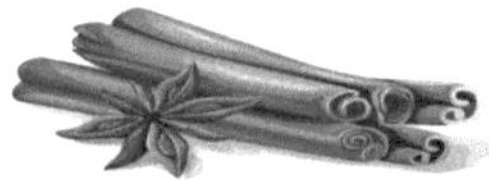

Liesbeth erwartete ihren Mann Albert zum Mittagsessen zurück, doch als er nicht kam, war sie davon überzeugt, dass es schlecht um Hilda stand. Schon das Gesicht des Herkt-Jungen hatte Bände gesprochen, als er schweißgebadet in ihr Haus gestürmt kam und nach ihrem Mann

85

verlangt hatte. Liesbeth war sofort klar gewesen, dass sich
auf dem Hof erneut etwas Schreckliches ereignet haben
musste. Doch als sie von Goswin hörte, dass das Op-
fer Hilda war, hatte ihre Verwunderung keine Grenzen
gekannt. Das ergab keinen Sinn. Wer sollte Hilda etwas
antun wollen? Sie hatte keinen eigenen Besitz, war nicht
in irgendwelche unglücklichen Liebesgeschichten ver-
wickelt, jedenfalls nicht soweit Liesbeth wusste und hatte
sich trotz ihrer oft sehr direkten Art auch keine Feinde
gemacht. Oder doch? Nein, Liesbeth war sich sicher, dass
dieser erneute Unfall ein Fehler gewesen sein musste.

Je mehr Zeit verstrich, ohne dass Albert heimkam,
desto nervöser wurde Liesbeth. Nachdem sie jedes ihrer
Kinder angebrüllt und auf sein jeweiliges Zimmer geschickt hatte, hielt sie es nicht mehr aus. Sie beschloss, sich
selbst auf den Weg zum Sandrini-Hof zu machen, wie sie
ihr Elternhaus insgeheim noch immer nannte.

Ein kalter Herbstwind empfing sie vor ihrer Haustür,
doch Liesbeth zog sich den Wollschal über den Kopf
und marschierte los. Als sie das Schlagen einer Glocke
hörte, wurde sie zögerlicher. Vielleicht war es eine ebenso
gute Idee, ein Gebet für Hilda zu sprechen. Wenn sie sich
schwere Verletzungen zugezogen hatte, konnte Liesbeth
Albert ohnehin keine Hilfe sein, sie ertrug weder Leiden
noch den Anblick offener Wunden.

Caroline war aus anderem Holz geschnitzt, und so befand sich Hilda, wenn sie es recht bedachte, bereits in den
besten Händen. Doch niemand würde jetzt daran denk-
en, ein Gebet für sie zu sprechen, davon war sie überzeugt. Und Gebete, daran glaubte Liesbeth fest, konnten
etwas bewegen.

Sie änderte ihre Marschrichtung und betrat die kleine
Dorfkirche durch einen Seiteneingang. Sofort bemerkte sie die kauernde Gestalt in der ersten Reihe, und das
leuchtend blonde Haar verriet ihr auch, wen sie vor sich

hatte. Adelheid Baltus saß allein an einem Wochentag im Kirchengestühl und betete. Liesbeth fragte sich unwillkürlich, ob das schlechte Gewissen das Mädchen hierhergetrieben hatte und änderte ihren Plan erneut. Geräuschlos glitt sie neben dem Mädchen auf die harte Holzbank.

Dann wählte sie ihre Worte mit Bedacht. »Es hat ein Unglück gegeben.«

Sie beobachtete, wie Adelheid den Kopf hob und sie mit verweinten Augen ansah. »Was denn für ein Unglück?«

Liesbeth beschloss, mit Informationen zu geizen und stattdessen die Unerbittliche zu spielen. Sechs Kinder hatten sie in dieser Hinsicht einiges gelehrt. »Ich will wissen, was du über die Vorgänge auf dem Sandrini-Hof weißt. Denn dass dort etwas vor sich geht, ist inzwischen mehr als offensichtlich. Was immer Goswin geplant hat, er wird nicht damit durchkommen. Mir war immer klar, dass er kein Engelchen wie dich fallen lässt, um jemanden wie Caroline zu heiraten.«

»Aber genau das hat er doch getan.« Adelheid schien völlig perplex. »Die beiden sind verheiratet und ich sitze hier und spiele mit dem Gedanken, ins Kloster zu gehen. Was für andere Pläne soll Goswin denn gehabt haben, außer mit Caroline glücklich zu werden?«

»Beispielsweise mit dir glücklich zu werden«, rief Liesbeth etwas zu laut, angesichts des Ortes, an dem sie sich befanden. »Aber nicht in der Schmiede, wo ihn täglich eine Arbeit erwartet hätte, für die der Sohn eines Bauern sich nur schwerlich erwärmen konnte. Also brauchte er zunächst einen eigenen Hof. Und just in diesem Moment starb meine Mutter und machte Caroline zur Erbin. Der richtige Hof in den Händen der falschen Frau. Und jetzt soll Abhilfe geschafft werden, aber das werde ich verhindern. Dein Goswin landet auf dem Schafott, Mädchen,

wenn er dieses Spiel weitertreibt.«

»Aber es ist kein Spiel!« Jetzt wurde auch Adelheid laut. »Sie können das nicht verstehen, Frau Gründig, weil Sie all die Jahre in Caroline nur ein bemitleidenswertes Mädchen gesehen haben, dass mit diesen scheußlichen Flecken im Gesicht herumlaufen muss. Und Sie haben ihr ja auch recht erfolgreich eingeredet, dass sie das zu einem Menschen macht, der weniger wert ist als andere. Weniger als ich, zum Beispiel. Doch dabei haben Sie übersehen, wie klug, liebenswert, stark und witzig ihre Tochter ist. Goswin aber nicht. Er hat Caroline gewählt, weil sie besser zu ihm passt als ich es jemals tun würde. Weil sie etwas Besonderes ist!«

Im ersten Moment hatte Liesbeth Mühe, dieses freche Mädchen nicht aus reiner Gewohnheit auf ihr Zimmer zu schicken, wie sie es heute schon so oft mit den ihrigen getan hatte. Doch dann sickerte die Information, die sich hinter Adelheids Worten verbarg, langsam in ihren Verstand.

»Das hat er dir gesagt? Über meine Caroline? Dass sie besser zu ihm passt?«

Adelheid nickte und biss auf ihren Lippen herum. »So sieht es nämlich in Wahrheit aus, Frau Gründig. Schönheit ist nicht alles. Sie ist vielleicht ganz nützlich, um von den Männern beachtet zu werden. Aber sie genügt nicht, um auch nur einen einzigen Mann zu halten. Und da ich außer einer schönen Hülle nichts anzubieten habe, denke ich über den Eintritt in ein Kloster nach.«

»Blödsinn.« Liesbeth gab dem Mädchen einen Klaps auf die Schulter. »Es gibt noch so viele vielversprechende Männer im Dorf, da wird sich auch einer finden lassen, der Wert auf ein gutes Herz und eine ehrliche Meinung legt. Und mit beidem kannst du aufwarten, Adelheid Baltus. Schließlich hast du mir deine Ansichten über mich gerade lautstark unterbreitet.«

88

Adelheid wurde rot und senkte den Kopf. Liesbeth wollte das Mädchen anfahren, jetzt bloß nicht wieder die Schüchterne zu spielen, doch sie unterließ es. Viel wichtiger war jetzt, die Gedanken neu zu ordnen. Wenn Goswin Herkt es nicht auf Carolines Erbe abgesehen hatte, wenn der Junge doch einer von den Guten war… was ging dann dort draußen auf dem Hof vor sich? Ging es etwa doch um Hilda?

»Ich muss über vieles nachdenken, Adelheid. Würdest du mir den Gefallen tun und Hilda in deine Gebete einschließen, Adelheid? Ich denke, es ist notwendig.«

Adelheid nickte und stellte keine Fragen. Liesbeth verließ das Gotteshaus so leise, wie sie gekommen war durch eine Seitentür und kehrte zurück in ihr Haus, wo sie Getrud beauftragte, ihr einen starken Tee zu kochen. Es war allerhöchste Zeit, dass sie endlich herausfand, wer in dieser Geschichte Freund und wer Feind war, und dazu brauchte sie einen klaren Kopf.

Am späten Nachmittag kehrte endlich Albert Gründig heim, und verkündete erschöpft, dass Hilda über den Berg war.

»Ein paar gebrochene Knochen und Prellungen hat sie davongetragen«, erklärte er. »Außerdem scheint sie sich nicht erinnern zu können, wie sie überhaupt in den Keller gekommen ist und was davor geschah. Doch abgesehen davon geht es ihr nicht schlecht. Ich denke, sie kommt wieder in Ordnung. Es wird nur etwas Zeit brauchen.«

Liesbeth fühlte die Erleichterung in ihrer Brust. Das waren gute Nachrichten. Kein Sieg auf ganzer Linie, aber immerhin ein Teilerfolg.

»Du wirst Hunger haben. Soll ich dir etwas zu Essen machen?«, fragte sie ihren Gatten.

»Nein, danke. Ich hatte heute eine Biersuppe mit Obers, was immer das auch sein mag. Es schmeckte äußerst delikat.«

»Obers« wiederholte Liesbeth nachdenklich. Dann schwieg sie eine Weile. Als sie wieder sprach, hatte sie eine Theorie und darüber hinaus auch einen Plan entwickelt. »Ich werde jetzt einen Brief schreiben, Albert. Und er muss so schnell wie möglich sein Ziel erreichen. Du musst ihn gleich auf den Weg bringen.«

»Einen Brief? Ja, an wen denn?«, wollte ihr Gatte wissen.

»An meinem Bruder Clemens. Ich muss wissen, ob er mir ein paar wichtige Dinge über sein Leben in Österreich vorenthalten hat.«

90

Kapitel 9

Hilda erholte sich nur langsam von ihrem Sturz und ich kümmerte mich um sie, so gut ich konnte. Mein Vater und ich hatten an jenem verhängnisvollen Tag Knochen gerichtet und geschient und jetzt konnte ich nur hoffen, dass die Zeit alle Wunden heilen und auch Hildas Erinnerung zurückbringen würde. Denn von ihrem Sturz wusste sie rein gar nichts mehr. Umso genauer erinnerte sie sich an das Gespräch, dass wir am Abend zuvor in meiner Kammer geführt hatten und war noch immer felsenfest davon überzeugt, dass ich mich in Gefahr befand. Mir waren indes starke Zweifel gekommen.

»Sieh mal, Hilda«, erklärte ich. »Du hast doch selbst gesagt, dass zunächst Goswin, du und ich infrage gekommen wären, dann nur noch du und ich. Und wer liegt jetzt hier mit gebrochenen Knochen? Du. Und wenn dir kein Grund einfällt, warum Goswin, Jakob oder ich dir so etwas antun sollten, dann gibt es vielleicht auch gar keinen und wir haben uns das alles nur eingebildet.«

»Das glaube ich nicht«, stöhnte Hilda und versuchte, sich in eine bessere Liegeposition zu bringen. Wir hatten ihr der Einfachheit halber ein Bett in die Stube gestellt, damit sie immer in unserer und wir immer in ihrer Nähe sein konnten. »Versprich mir, dass du vorsichtig bist. Wir können deinem Mann nicht trauen.«

Ich versprach es, doch es war ein halbherziges Versprechen. Die bösen Verdächtigungen quälten mich und nahmen mir jede Lebensfreude. Ich war drauf und dran, alle Warnungen in den Wind zu schlagen und Goswin sehr wohl zu vertrauen. Er war ein guter Mann – oder ich wollte es zumindest glauben.

Drei Tage lang geschah nichts, und im Gegensatz zu Hilda fühlte ich mich dadurch bestätigt, dass wir viel zu

91

viel in die Vorkommnisse hineininterpretiert hatten. Hildas Sturz lag schon mehr als acht Tage zurück, als Goswin und ich uns zum ersten Mal seit langer Zeit wieder einen Augenblick der Zärtlichkeit gönnten. Wir lagen auf dem Bett und hielten uns in den Armen. Ich streichelte seine Hand und blickte immer wieder aus dem Fenster, wo sich ein trüber Herbsttag seinem Ende zuneigte. Immer wieder drifteten meine Gedanken ab, versuchten mich zu quälen. Schließlich hatte ich es satt und beschloss, in die Offensive zu gehen.

Ich setzte mich auf und sah meinem Gatten in das verwunderte Gesicht. »Goswin, warum hast du mich und nicht Adelheid geheiratet?«

Seine Augen wurden groß, während er sich nun ebenfalls aufsetzte. »Ist das dein Ernst? Beschäftigt dich das wirklich noch immer?«

»Ich wäre ruhiger, wenn ich wüsste, dass mein Erbe dabei keine Rolle gespielt hat.«

Goswin wurde bleich. Ich konnte den Ärger in seinem Gesicht sehen, obwohl es vor dem Fenster bereits zu dunkeln begann. Der Tag wich der Nacht.

»Adelheid ist ein sehr liebes Mädchen, aber eben auch nicht mehr. Ich war mir nie ganz sicher, ob ich genug für sie empfinde, um sie zu heiraten. Mit dir war das anders. Caroline, ich habe mich in deine Stärke und deine Entschlusskraft verliebt, ich wollte sein wie du.« Er atmete hörbar aus. »Eines hat dein Erbe allerdings tatsächlich in Gang gesetzt: Als mir klar wurde, dass ich mir weder bei der Frau, die ich heiraten sollte, noch bei der Arbeit, die ich für den Rest meines Lebens machen sollte, sicher war, erzählte ich Adelheid von meinen Zweifeln. Ich fand den Mut, auszusprechen, was ich dachte. Vermutlich das erste Mal seit langer Zeit. Ich musste mitansehen, wie Adelheids Herz brach, aber ich habe immer weitergesprochen, weil ich fühlte, dass ich nicht in das Leben gehörte, dass

92

andere für mich planten. Ich bin Bauer, ich will einer sein. Und ich will eine starke Frau an meiner Seite, auf die ich mich verlassen kann, wenn es mal irgendwo brennt.« Er sah mir ins Gesicht du strich mit dem Finger zärtlich über mein Feuermal. »Wirst du mir das irgendwann einmal glauben? Oder werden deine Selbstzweifel immer zwischen uns stehen? Denn sie sind das einzige, dass ich nicht an dir liebe, hörst du?«

Ich hörte. Und ich wollte ihm glauben. Konnten denn all die Ereignisse der letzten Zeit wirklich Zufälle gewesen sein?

»Feuer!«, schrie da plötzlich eine Stimme und laute Schritte polterten die Stufen zu unserer Kammer hinauf.

»Das ist Jakob.« Goswin sprang aus dem Bett und griff nach einem Hemd, eine Hose suchte er vergeblich.

Da flog auch schon die Tür auf und Jakob stand vollständig angekleidet und ein wenig Stroh im Haar in unserem Schlafzimmer. »Es brennt, es brennt in der Scheune!«

Ich sprang ebenfalls auf, warf mir hastig ein Wollkleid über und rief: »Wie konnte das geschehen?« Doch eine Antwort wartete ich nicht ab.

Ich stieß Jakob beiseite und rannte die Treppe hinunter, vorbei an Hilda, die mit ihren bandagierten Gliedmaßen hilflos im Bett saß und mir nachblickte. Schon war ich draußen und rannte dem Stallgebäude entgegen. Hinter mir hörte ich die aufgeregten Stimmen Goswins und Jakobs, die mir folgten.

Und das musste der Moment gewesen sein, indem ich zum ersten Mal spürte, dass etwas nicht stimmen konnte. Doch es dauerte noch mehrere Schritte, genau genommen bis ich die Scheune erreicht und ihr Tor aufgestoßen hatte, bis mein Verstand die Informationen richtig erfasste: Es roch gar nicht nach Rauch. Weder hier draußen, noch im Stall. Ich spürte nur die Kühle und die Feuchtigkeit der Herbstluft und roch nur die Tiere, die

93

mein plötzliches Erscheinen aufgeschreckt hatte. Und meine Erinnerung machte mich sogleich auf eine weitere Ungereimtheit aufmerksam: Auch Jakob hatte keinen Brandgeruch ins Haus getragen, als er uns aufgeschreckt hatte.

Stolpernd kam ich in der Stallgasse zwischen den mich ungläubig anstarrenden Kühen zum Stehen. Dicht hinter mir hörte ich Goswins Schritte verhallen. Auch er war stehengeblieben.

»Aber wo brennt es denn?«, hörte ich ihn fragen. »Ich sehe gar keinen Rauch.«

Ich ahnte Übles. Mit einer raschen Bewegung drehte ich mich herum, sah aber nicht Goswin sondern Jakob an, der in der Tür stehengeblieben war und uns mit ausdrucksloser Miene anstarrte.

»Jakob, was geht hier vor?« Meine Stimme klang leise und ein wenig zittrig. »Wo ist das Feuer?«

Da streckte er den Arm aus und deutete auf die Öllaterne, die die einzige Lichtquelle in der Scheune war. Sie stand nicht wie üblich in dem steinernen Trog, sondern hing von einem Strick herab und baumelte direkt über den für den Winter bereits aufgestapelten Heuballen. Als mein Blick dem Verlauf des Strickes folgte, sah ich, dass er über einen Dachbalken führte und neben dem Scheunentor an einem Nagel endete. In Jakobs Reichweite, aber nicht in meiner oder Goswins.

Und während mein Mann und ich noch sprachlos dastanden, löste Jakob den Knoten, der das Seil an seinem Platz hielt und die Laterne fiel mit einem leisen Klirren ins Heu. Sie musste auf etwas Hartes getroffen sein, einen extra für sie platzierten Stein vielleicht.

»Dort ist euer Feuer.« Jakobs Stimme klang ganz verändert, hart und bösartig. »Seht ihr es jetzt? Es ist das verheerende Feuer, dass das junge Ehepaar Herkt zu löschen versuchte. Leider kamen beide darin ums Leben.

Schade.«

Mit einem Schlag erwachten Goswin und ich aus unserer Starre. Und während Goswin auf den qualmenden Heuberg zu rannte und begann, die Ballen auseinanderzureißen, stürmte ich auf Jakob zu. Doch dieser trat rasch einen Schritt zurück und schloss dabei das Scheunentor. Ein knarrendes Geräusch ließ mich ahnen, dass er unseren einzigen Fluchtweg soeben von außen verbarrikadiert hatte.

»Jakob!«, schrie ich und hämmerte mit den Fäusten gegen das Holz. »Lass uns sofort hier heraus!«

»Was für ein Jakob denn?«, hörte ich ihn höhnisch rufen. »Es gibt gar keinen Jakob. Niemand im Dorf hat ihn jemals gesehen. Vermutlich haben sich die Herkts diesen Jakob nur eingebildet.«

»Verdammt!«, hörte ich Goswin brüllen, der jetzt sein Hemd ausgezogen hatte und nackt dastand, während er versuchte, die Flammen auszuschlagen. »Das Feuer breitet sich rasend schnell aus!«

»Hilda!«, schrie ich so laut ich konnte. »Hilda, hilf uns!«, obwohl ich genau wusste, dass sie das nicht konnte. Meine beste Freundin lag hilflos auf ihrem Krankenbett.

»Hilda?«, wiederholte Jakob. Es klang gehässig und so laut, dass ich keinen Zweifel daran hatte, dass er direkt vor dem Scheunentor stand. »Die Hilda, welche die furchtbare Feuersbrunst auf dem Bauernhof ebenfalls nicht überlebte? Sie war wohl doch schwerer verletzt, als bisher angenommen und hat den Schock nicht verkraftet. Sie ist ebenso tot wie ihre jungen Freunde.«

»Hilfe!« brüllte Goswin und trat jetzt tatsächlich barfuß in Flammen, um sie zu löschen. Den Schmerz schien er nicht zu bemerken.

»Was für ein trauriges Kapitel des neuen Herkthofes, den man daraufhin lieber wieder Sandrini-Hof nannte. Denn so hat dieser Ort hier einmal geheißen und so

wird er wieder heißen!«, hörte ich Jakob brüllen. »Sandrini-Hof. Jetzt kommen die Dinge endlich wieder in Ordnung!«

Ich verstand seine Worte, aber nicht ihre Bedeutung. Stattdessen sah ich ein, dass es keinen Sinn machte, darauf zu hoffen, dass dieser Verrückte die Tür noch einmal öffnen würde. Ich wandte mich um und blickte in die bereits mit Rauch erfüllte Scheune. Längst waren alle Tiere erwacht. Schafe, Ziegen und Hühner lieferten sich ein Intermezzo aus angsterfüllten Schreien. Ratten huschten über den Boden auf der Suche nach einem sicheren Ort. Den hätte ich jetzt auch gerne gehabt.

»Hilf mir!« Goswin schlug noch immer mit seinem Hemd nach den Flammen, doch diese flackerten an immer neuen Stellen auf.

Wasser, dachte ich und riss einen Eimer an mich, der mit Tierfutter gefüllt war, kippte ihn aus und tauchte ihn in die Tränke der Kühe. Einen Augenblick später traf der erste Schwall kalten Wassers sein Ziel. Nun, eigentlich traf ich Goswin, aber da er dicht an den Flammen stand, war das fast dasselbe. Ich rannte zurück zur Tränke und füllte den Eimer erneut, doch im Grunde wusste ich, dass weder Goswin noch ich dem brennenden Heuberg allein Herr werden konnten und der Wasservorrat in den Tränken unserer Hoftiere war endlich. Was hätte ich darum gegeben, jetzt zum Brunnen nahe dem Wohnhaus laufen zu können, doch auch darüber machte ich mir keine Illusionen. Jakob und ein Scheunentor standen zwischen mir und dem rettenden Wasser.

Der Rauch brannte in meinen Augen und in meiner Lunge, während ich tapfer Eimer um Eimer herbeischleppte und Goswin noch immer nach Flammen schlug und trat. Inzwischen fraß das Feuer bereits an der hölzernen Dachkonstruktion und die Schreie der verängstigten Tiere erreichten eine unvorstellbare Lautstärke.

96

Alles aus, dachte ich und füllte den Eimer mit dem letzten Rest Wasser aus der Tränke der Ziegen. Das Mädchen mit dem Feuermal stirbt im Feuer. Wie passend. Und das einzig Gute daran war, dass ich jetzt wusste, dass ich dem Mann den ich liebte, wirklich trauen konnte. Und ich würde ihn mit mir nehmen. Hoffentlich behielt meine Mutter Recht und es gab einen Gott, der auf uns wartete. Ich würde es bald wissen.

Da hörte ich Goswins Stimme, der mir und sich selbst hustend eingestand, wie sinnlos all unsere Bemühungen waren und dass wir hier raus mussten. Ich hätte ihm gern gesagt, dass auch der Fluchtversuch sinnlos war, denn Jakob würde das stabile Scheunentor mit seinem Leben verteidigen, insofern es überhaupt nötig war.

»Das Fenster«, brachte Goswin hustend hervor und wollte mich mit sich ziehen. »Dort hinten gibt es doch ein Fenster im Mauerwerk.«

Ein vergittertes Fenster, ja. Ganz wie es sich für ein Stallgebäude gehörte. Doch ich fand nicht mehr die Kraft, ihn darauf hinzuweisen. Und ich brauchte es auch nicht mehr.

Denn plötzlich und ohne jede Vorwarnung wurde das Scheunentor aufgerissen und frische Nachtluft erreichte mich zusammen mit meiner Mutter.

»Raus! Sofort raus mit euch!« Das war die Stimme meines Vaters, der vor der Scheune sein musste.

Sie waren hier, waren gekommen, um mich und Goswin vor den Flammentod zu retten. Doch woher hatten sie das denn wissen können?

»Caroline, beweg dich!« Die Stimme meiner Mutter war mir genau so sehr Ansporn wie ihre an mir zerrenden Hände. Stolpernd erreichte ich gleichzeitig mit Goswin das Freie. Ich wollte meiner Mutter danken, ihr um den Hals fallen, doch sie rannte schon wieder zurück in das brennende Gebäude. Als die erste Kuh mich in ihrer

Panik beiseitestieß und brüllend in Richtung Obstwiese verschwand, wusste ich auch, was sie da drinnen noch wollte. Jetzt sah ich meinen Vater mit Wassereimern herbeieilen. Ihm folgte eine weitere Person, ein mir fremder Mann, der ebenfalls Wassereimer schleppte und ihren Inhalt schwungvoll über den lichterloh brennenden Heuberg goss.

»Die Wände und die Holzbalken!«, brüllte mein Vater dem Fremden zu. »Wir müssen sie feuchthalten, was interessiert uns noch das Heu?«

Mein kluger Vater. Sicher hatte er in einem Buch gelesen, was im Falle eines Brandes zu tun war. Ich liebte ihn. Und ich liebte auch meine herrische Mutter, die gerade eine Schar Hühner zum Ausgang trieb und dabei laut etwas rief, dass wie »Kusch, kusch«, klang. Doch am allermeisten liebte ich meinen Mann, der nackt durch die Oktobernacht lief und nun ebenfalls Wassereimer schleppte.

»Wir schaffen das«, hörte ich meine Mutter dicht neben mir sagen, die ein leicht angesengtes Huhn in den Armen hielt. »Du wirst sehen. Wir schaffen das.«

»Und wenn nicht?«, brachte ich hustend hervor und klammerte mich zitternd an ihren Arm.

»Dann bauen wir eben eine neue Scheune. Solange wir am Leben sind, geht es auch immer irgendwie weiter. Nun geh und hol deinem Mann ein paar Hosen. So genau wollte ich ihn eigentlich nie kennenlernen.«

Ich lachte unter Tränen und drückte sie samt Huhn fest an mich. »Du bist so unglaublich tapfer, ich wünschte, das hätte ich von dir geerbt.«

Da lächelte auch meine Mutter und antwortete: »Dein Vater hat zu mir als junges Mädchen auch immer gesagt, dass ich tapfer sei. Ich habe ihm nicht geglaubt. Und eigentlich tue ich das auch jetzt nicht. Ich stelle mich nur dem Leben. Das muss man so oder so. Nun geh und hol

98

Goswin eine Hose. Wir brauchen dich hier nicht, wir schaffen das!«

Ich nickte und lief auf wackligen Beinen zurück ins Wohnhaus. Dort erwartete mich ein seltsamer Anblick: Hilda hockte, ein altes Jagdgewehr meines Großvaters im Anschlag auf ihrem Krankenlager und zielte auf einen leichenblassen Jakob, der auf einem Küchenstuhl kauerte und sich nicht zu rühren wagte.

»Wenn er nur mit einer Wimper zuckt, bringe ich ihn um«, rief Hilda zur Begrüßung und zielte genau auf den Brustkorb des Fremden, den wir bis gerade noch als Jakob zu kennen geglaubt hatten. Ich nickte warf ihm einen finsteren Blick zu und achtete sehr genau darauf, mich nicht in die Schusslinie zu begeben, als ich jetzt einen Schritt auf ihn zu trat.

»Willst du mir sagen, wie dein richtiger Name lautet? Oder muss ich raten?«, flüsterte ich ihm zu.

»Mir ist egal, wie er heißt, ich weiß, was er ist: Ein heimtückischer Mörder, ein Erbschleicher, das ist er«, rief Hilda laut und ich sah aus den Augenwinkeln, dass ihre Hände, die das Gewehr hielten, vor Wut leicht zitterten.

»Wie kann er ein Erbschleicher sein?« Ich rieb mir die brennenden Augen. »Dafür müsste ja irgendein Verwandtschaftsgrad zwischen uns bestehen, oder?« Ich sah mir Jakob genau an. Nein. Der Kerl sah niemandem, den ich kannte, auch nur im Entferntesten ähnlich. Außer vielleicht dem Fremden, der dort draußen zusammen mit meinem Vater und Goswin Wassereimer schleppte und versuchte, die Scheune zu löschen.

»Der besteht ja auch«, fauchte Hilda. »Darf ich dir den Herren vorstellen? Das ist dein Vetter, das Kind deines Onkels Clemens. Wie er heißt, weiß ich noch nicht. Er spricht nicht mehr, seit sein Vater hier aufgetaucht ist.«

»Der Mann da draußen ist also mein Onkel Clemens, der Kirchenmusiker aus Österreich«, stellte ich fest und

trat nun doch noch ein wenig näher an den schweigsamen jungen Mann, den ich als Jakob kannte, heran. »Und du bist mein Vetter, der mich und alle, die ich liebe, umbringen wollte, um dann hier als neuer Hoferbe aufzutreten.« Jakob schlug die Augen nieder. So konnte er nicht sehen, wie ich die Faust ballte und sie mit aller Kraft, die ich aufbringen konnte, in sein Gesicht drosch.

»Willkommen in der Familie, du Abschaum!«, rief ich und übertönte damit seinen Schmerzensschrei. Dann ging ich, um Goswin eine Hose zu holen.

100

»Seine Mutter gab ihm den Namen Alexander. Ich glaube, den hat er nie besonders gemocht.« Mein Onkel Clemens hielt eine Tasse mit heißer Brühe in seinen zarten Musikerhänden und starrte versonnen auf das Scheunentor, aus dem noch immer übelriechender Rauch hervorquoll. Aber die Flammen hatten sie erfolgreich gelöscht.

Liesbeth stand neben ihrem Bruder, den sie seit Jahren nicht mehr gesehen hatte und sagte kein Wort. Älter war Clemens geworden, an seinen Schläfen zeigte sich bereits graues Haar. Doch er war unverändert schlank, seine Gesichtszüge noch immer markant, die Lippen sehr voll, die Nase lang. Hätte Liesbeth den Mann, der sich hier auf dem Herkthof Jakob genannt hatte, jemals zu Gesicht bekommen, sie hätte ihren Bruder in seinen Zügen wiedergefunden. Doch ihr Neffe hatte es ja hervorragend verstanden, das Dorf zu meiden und niemandem unter die Augen zu kommen, der eine Ähnlichkeit mit Clemens Sandrini bemerken konnte.

»Erzähl mir von ihm und von dir. Erzähl mir von seiner Mutter«, forderte Liesbeth und sah zu ihrer Tochter hinüber, die sich an den Arm ihres Vaters klammerte, während Goswin versuchte, die Tiere zu beruhigen und auf die Obstwiese zu führen. »Lass mich endlich wissen, was in all deinen kurzen und nichtssagenden Briefen nicht gestanden hat.«

Clemens schenkte ihr einen schuldbewussten Blick. »Liesbeth, es tut mir leid, dass ich kein großer Schreiber gewesen bin, aber das war ich nie. Ich wollte immer nur Musiker sein, für alles andere im Leben bin ich untauglich.«

»Du hast immerhin einen Sohn zustande gebracht«,

stellte Liesbeth fest.

»Einen Bastard«, Clemens verzog das Gesicht. »Es geschah aus einer Laune heraus. Sie hat mir nichts bedeutet und ich ihr auch nicht. Aber natürlich habe ich sie finanziell unterstützt, als der Junge geboren wurde.«

»Finanziell unterstützt?« Liesbeth schnaubte. »Sie zu heiraten ist dir nicht eingefallen, was?«

»Wenn du sie gekannt hättest, wüsstest du, dass mir nichts ferner lag.« Clemens Stimme wurde lauter. »Annabelle war gewöhnlich, laut und völlig unmusikalisch. Das einzig Verführerische an ihr war ihr pralles Hinterteil und damit konnte sie aufreizend wackeln. Wäre da nicht diese Ähnlichkeit zwischen mir und dem Jungen gewesen, hätte ich nicht einmal geglaubt, dass das Kind von mir ist.«

»Aha«, machte Liesbeth und verkniff sich ein Grinsen. »Wie gut, dass unsere arme Mutter das nicht mehr erlebt hat. Bist du deswegen nie mehr heimgekommen? Weil du dich geschämt hast? Hast du sie deshalb nie besucht? Du hast es nicht einmal zu ihrer Beerdigung hierher geschafft.«

Clemens machte eine hilflose Geste. »Ich war mir sicher, dass du alles hervorragend regeln würdest. Und mir war klar, dass dir auch eine Lösung für den Sandrini-Hof einfallen würde. Es ist doch schön zu sehen, wie die jungen Leute hier das Haus zu einem glücklichen Heim machen. Hilda sieht, abgesehen von ihren Verletzungen, sehr zufrieden aus. Der junge Goswin scheint zupacken zu können und Caroline ist ein so hübsches junges Mädchen.«

»Sie ist eine Frau«, stellte Liesbeth klar. »Eine starke junge Frau, die ihr Leben zu meistern versteht. Ich hatte ihr das alles allerdings nicht zugetraut. Das war unsere Mutter. Sie kannte Caroline wohl letzten Endes besser als ich.«

»Ach, richtig.« Clemens nickte. »Du schriebst mir ja, dass es Mutters Wunsch war, deiner Caroline den Hof zu überlassen.« Er trank einen Schluck aus seiner Tasse und blickte auf Liesbeth herab. »Nur, dass ich diesen Brief nie zu Gesicht bekommen habe. Alexander hat ihn abgefangen.«

»Und da hat dein Sprössling festgestellt, dass er um sein Erbe gebracht worden war.« Grimmig zertrat Liesbeth eine Kastanie, die vor ihren Füßen lag. »Weil er der Sohn des Erstgeborenen war, der Hof aber an die Tochter der Zweitgeborenen ging. Und er beschloss, sich sein Eigentum zurückzuholen.«

»Ihm muss klar gewesen sein, dass ich davon nichts gehalten hätte.« Clemens seufzte. »Also wählte er diesen bizarren Weg, um an sein Ziel zu kommen.«

»Bizarr?«, wiederholte Liesbeth und sah ihren Bruder fassungslos an. »Er hat versucht, meine Tochter und ihren Mann zu ermorden. Und Hilda noch obendrein. Um später als Erbe hier wieder auftauchen zu können. Das ist nicht bizarr, sondern infam.« Als Clemens schwieg, fuhr sie fort. »Wie kommt es überhaupt, dass dein illegitimer Sohn deine Post öffnet?«

»Nach dem Tod seiner Mutter nahm ich ihn zu mir. Was hätte ich denn tun sollen?«

»Oh.« Liesbeth schlug die Augen nieder und schwieg einen Moment lang, wobei sie einer Frau gedachte, die sie nie gekannt hatte. »Woran ist diese Annabelle gestorben?«

»Ich vermute Syphilis.« Clemens wirkte wenig beeindruckt.

»Oh«, wiederholte Liesbeth. »Und wann nahm dein Kind den Namen Sandrini an?«

»Nachdem er zum ersten Mal Schwierigkeiten mit der Obrigkeit bekommen hatte.« Clemens deutete auf die rauchende Scheune. »Man warf ihm Brandstiftung vor.«

103

Liesbeth verkniff sich einen weiteren Ausruf des Erstaunens und fragte sich, wie es nun mit dem missratenen Sohn weitergehen sollte.

Als ob Clemens ihre Worte gehört hätte, sagte er: »Ich würde Alexander gerne wieder mit zurück nach Österreich nehmen. Selbstverständlich nur, wenn du und deine Familie es mir erlauben. Der Gedanke, dass der Junge für seine Vergehen hier eingesperrt wird, behagt mir nicht. Er ist noch immer ein Sandrini.«

»Das ist er wohl.« Liesbeth seufzte. »Und als solchen will ich ihn ebenfalls nicht eingesperrt wissen. Vielleicht kann das Militär etwas mit ihm anfangen? Als gewissenloser Soldat könnte dein Sohn noch immer Karriere machen.«

»Die wollen aber niemanden mit Disziplinproblemen«, stellte Clemens fest und gab ihr seine leere Tasse. »Ich gehe jetzt besser ins Haus und nehme Hilda das Gewehr ab. Nicht, dass es noch zu einem Unfall kommt. Wütend genug ist unsere Tante dafür.«

Als die Nacht einem klaren und kalten Morgen wich und Goswin und ich das ganze Ausmaß der Zerstörung in Augenschein nehmen konnten, hätte mein Mann den Übeltäter gern zurückgeholt, um ihn am nächsten Baum aufzuknüpfen. Doch ich war froh, dass mein Onkel Clemens seinen verkommenen Sohn mit sich genommen hatte, um augenblicklich nach Österreich zurückzukehren. Ich hoffte inständig, dass ich Alexander niemals wiedersehen würde.

»Wir werden Wochen brauchen, bis die Scheune und die Stallungen wieder nutzbar sind«, fauchte Goswin und rieb sich den Ruß, den er gerade vom Scheunentor geputzt hatte, quer über die Stirn. »Und meine Füße sind

voller Brandblasen, allein dafür hätte ich diesem Jakob
…«

»Er heißt Alexander«, korrigierte ich.

»Alexander gerne den Hals gebrochen«, vollendete
Goswin seinen Satz. Dann schwieg er eine Weile. Als er
wieder zu sprechen begann, fragte er mich: »Wie ist deine
Mutter überhaupt darauf gekommen, dass mit unserem
Knecht etwas nicht stimmen konnte?«

Ich lächelte. »Seine Schlauheit wurde ihm zum Ver-
hängnis. Meine Mutter hat sich gefragt, warum sich unser
fleißiger Helfer niemals blicken ließ, warum er ihr wie ein
Gespenst vorkam. Und dann erwähnte mein Vater die
Suppe, die Alexander einmal für uns gekocht und die er
probiert hatte. Biersuppe mit Obers. Meine Mutter war
sich sicher, den Begriff Obers schon einmal zuvor gelesen zu haben, und zwar in einem der belanglosen Briefe
ihres Bruders. Es ist schon seltsam, seinen Sohn hat er
nie erwähnt, aber über das Essen in Österreich konnte
er schreiben.«

»Sie ist über den Begriff Obers gestolpert?«, hakte
Goswin nach. »Das brachte sie darauf, dass der Junge aus
Österreich stammen konnte?«

»Sahne«, erwiderte ich. »Obers ist Sahne und niemand
sonst nennt die hier so.« Voller Stolz auf die Klugheit
meiner Mutter sah ich ihn an. »Also hat sie ihrem Bruder
nach Österreich geschrieben und von einem merkwür-
digen jungen Mann und noch viel merkwürdigeren Vor-
kommnissen auf unserem Hof erzählt. Und mein Onkel,
der schon seit Monaten nichts mehr von seinem plötzlich
verschwundenen Sohn gehört hatte, ist auch nicht auf
den Kopf gefallen. Ihm war klar, wer sich hier bei uns
eingenistet haben musste und warum. Schließlich hatte er
inzwischen den unterschlagenen Brief meiner Mutter bei
Alexanders persönlichen Sachen gefunden.«

»Und ich hätte ihn doch umbringen sollen.« Goswin

105

sah unglücklich auf seine schmerzenden Füße, die an diesem Tag nicht in Schuhen, sondern in Lumpen steckten.

Ich lächelte. »Nun trägst du auch ein Feuermal. Ich habe eines im Gesicht du eines unter der Fußsohle. Das passt doch gut, findest du nicht?«

Goswin verzog das Gesicht. »Ich hoffe sehr, dass dies unsere letzte Feuertaufe war. Ich persönlich würde mich auf etwas ruhigere Zeiten freuen.«

Die bekamen wir nicht.

Acht Monate später wurde unsere kleine Tochter geboren, die von nun an unser aller Leben durcheinanderwirbelte. Ich gab ihr den Namen Theda, weil auf unseren Hof eben eine Theda gehörte. Hilda weinte vor Rührung, als sie die Kleine das erste Mal halten durfte. Und meine Tante versprach unserem Kind, dass sie ihm die ganze Welt zeigen würde, wenn sie erst nicht mehr humpelte. Doch was das angeht, habe ich wenig Hoffnung. Wir alle haben bleibende Erinnerungen an Alexander zurückbehalten, Hilda ein leichtes Humpeln und Goswin die Brandnarben an seinen Füßen.

Und ich? Mir bleibt wohl auf ewig eine gewisse Angst vor Treppen und offenem Feuer, aber damit komme ich zurecht. Ich hasse Alexander nicht. Eigentlich tut er mir sogar ein bisschen leid. Clemens hat geschrieben, dass sein Sohn nun tatsächlich Soldat geworden ist. Das ist bestimmt kein leichtes Leben. Ich versuche, mich an seine guten Seiten zu erinnern, seinen Fleiß beispielsweise. Und daran, dass er mein Feuermal niemals angestarrt und nie erwähnt hat.

Die kleine Theda ist übrigens perfekt. Sie hat eine Haut wie Milch und Honig und genau so ist auch die Farbe ihrer Haarer. Adelheid hat sich bereit erklärt, ihre Patentante zu werden. Sie ist nicht ins Kloster gegangen, sondern hat Goswins großen Bruder geheiratet. Alle sind darüber sehr glücklich, nur der Schmied fragt sich, wer

106

nun eines Tages sein Erbe antreten soll. Ich wüsste da vielleicht einen österreichischen Soldaten, aber bestimmt ist es besser, wenn Alexander nie wieder hierher zurückkommt.

Liesbeth saß im Garten ihres Hauses und las ein Buch. Sie verstand nicht wirklich, was dieser Immanuel Kant ihr mit seinem Werk zu sagen versuchte, aber sie hatte sich fest vorgenommen, es zu Ende zu lesen. Zumindest war es nicht schlechter als die Bibel. Mit halbem Ohr lauschte sie dem Geschrei ihrer fünf Kinder im Innern des Hauses und dachte an ihre Älteste und die kleine Theda. Jetzt war sie also schon Großmutter. Und das mit gerade einmal Mitte dreißig. Sie hätte sich jetzt alt vorkommen können, doch seit ein paar Tagen wartete sie vergeblich auf ihre Blutung, was nur bedeuten konnte, dass Theda bald einen Onkel oder eine Tante haben würde, die jünger war als sie selbst. Liesbeth lächelte still vor sich hin. Es hatte eine Zeit gegeben, wo ein neues Leben in ihrem Bauch sie mit Sorge erfüllt und zum Gebet in die Kirche getrieben hätte. Doch sie wollte keine Angst mehr haben. Um keines ihrer Kinder und gewiss nicht um Caroline. Das Leben war ein Abenteuer, dem man sich stellen musste, ob man wollte oder nicht. Und egal, was das Schicksal noch für sie bereit hielt, sie würde tapfer sein. Wieder einmal.